U0874007

为自己跳舞

黄小衡 著

现代教育出版社
Modern Education Press

图书在版编目（CIP）数据

为自己跳舞 / 黄小衡著 . — 北京：现代教育出版社，2020.11
ISBN 978-7-5106-7943-8

Ⅰ . ①为… Ⅱ . ①黄… Ⅲ . ①长篇小说—中国—当代
Ⅳ . ① I247.5

中国版本图书馆 CIP 数据核字（2020）第 205037 号

为自己跳舞

作　　者　黄小衡
插　　画　严　琼
出 品 人　陈　琦
选题策划　江莹莹
责任编辑　江莹莹　张一莹
装帧设计　严　琼　赵歆宇
出版发行　现代教育出版社
地　　址　北京市朝阳区安华里 504 号 E 座
邮　　编　100011
电　　话　（010）64246373（编辑部）
　　　　　（010）64256130（发行部）
经　　销　全国新华书店
印　　刷　北京飞达印刷有限责任公司
开　　本　787mm × 1092mm　1/32
印　　张　6
字　　数　100 千字
版　　次　2020 年 11 月第 1 版
印　　次　2020 年 11 月第 1 次印刷
书　　号　ISBN 978-7-5106-7943-8
定　　价　29.80 元

版权所有　侵权必究

推荐序

生活，就是好好活着

生活，很简单，只需跟着时间走就好；生活，也难，他总是忍不住重重捶打人，然后冷眼看你是否有本事从低谷爬起来，自我蜕变，完成人生的逆袭，活成生活的主人。

我总是相信，出生就拥有一手烂牌的人，过得精彩才更有意思。例如小女孩娅娅。

这本小说的故事情节就是在主角娅娅遭受到严峻生活考验的氛围下展开的。娅娅的父母离异并各自组成家庭，父母双方都不希望这个“小拖油瓶”来打扰现在的新家庭，于是娅娅只能与爷爷住在破屋里相依为命，偏偏爷爷又得了新冠肺炎……

生活的不顺遂宛如保龄球瓶般，一个接一个倒，让娅娅应接不暇。从小就孤立无援的娅娅，对人充满不信任，不相信会有人来帮助她。没有人！娅娅非常确定这一点。因而娅娅持有自暴自弃的消极生活态度，认为一切的美好都不属于自己。娅娅的命运似乎是冷血的钢印，一旦刻下就无法改变。这也是人们喜欢阅读小说的原因，除了期盼在故事当中找到共鸣，找到宣泄的出口，发现自己并不孤单之外，也试图在小说当中，找到关于生活的解药与希望，继续往前走！

从小失去父母护佑，习惯不断从食物中获取温暖和满足的娅娅，如何将身体的脂肪、心理的垃圾转化成自我成长的养料?

让我惊讶的一点是，作者并没有像其他一些作家那样，在告诉我们生活险恶之后，要我们自己加油，便拍拍屁股走人。

素昧平生的韩雪洁在那个夜里出现了，因为一念之善，她怜爱着娅娅，她化身为心灵导师、教育家和母亲的角色，教会娅娅许多事情，包括拖延的坏处、肥胖的心理原因、自我价值的追寻、学习的方法、乐观的重要性、自律性的珍贵、如何设定目标等等。

之前对于娅娅的狠心都只是烟雾弹，作者是想通过生活的冷酷来告诉我们自救的重要，还有善良的可贵。作者通过娅娅的失望但不放弃、韩雪洁发自真心的善，来给小读者以希望和勇气，尤其是对那些身处低谷的小读者，作者希望透过这本书能让他们破茧而出，找到属于自己的道路，我想这也是她写这本书的初衷吧!

我怀疑作者其实就是韩雪洁的化身，她亲自来小说里头试图解救及教育小主角，给她重生的力量；来告诉我们，无论生活多么艰难，总有美丽的花为你而开，总有一束光为你而来。你首先要相信美好，不放弃希望，自救才能获救。

除此之外，整部小说洋溢着女性气息。小说当中充满五花八门的菜肴与味道，如热干面、黄瓜木耳炒鸡蛋、素烧白萝卜、香菇小油菜、桂圆红枣炖鸡蛋、土豆炖牛腩、花式奶茶等，让人垂涎；还出现各式各样的花草与香味，宛如一部植物百科全书。最重要的是作者主要传达的香味——书香。虽然在书中菜香味的比例远远大于书香，呼应娅娅总是不能克制美食的诱惑，主要原因是心灵的匮乏，不过唯有书香才能填补内心的空洞，而不是靠食物。这也是作者极力想传达的意象。

这部小说可以说是人们与2020年新冠肺炎疫情抗争的一个真实写照，虽然娅娅她们生活在疫情极度严重的武汉，但他们的生活却充满希望与色彩。作者告诉我们，纵使生活许多层面无法控制，但是我们可以决定自己的生活怎样过得精彩，无关环境与他人。

这是一本很适合孩子在迷茫和情绪低落时阅读的励志书，看着韩雪洁如何带领娅娅扭转人生，并且教导她如何生活，孩子们会在里面获得满满的力量与答案。因为每个孩子都经历了席卷全球的新冠肺炎疫情这场灾难，生活或多或少受到影响。在考验、挫折面前，我们要勇敢、乐观、沉着应对。唯有经受挫折才有成长，这是成长的不二法门。

成长就是，不要忘记，再黑的天，也会亮。撑下去，你就会看到希望的曙光。在这之前，你也要想办法让自己开心。

生活就是翻越一座座高山，不要害怕山高路远。即使负重前行，也要向阳而生！

林文宝

自序

生命多美好，为自己舞蹈

2020年，席卷全球的新冠病毒，像是“死神”的哨兵，飘荡在人类世界的上空，与无数人擦肩而过。新冠病毒所到之处，对所有人，不分种族和肤色，不分男人和女人，也不分老人和孩子，都悄无声息地窥探着，肆无忌惮地捕猎着，狡猾多端地变化着……面对这场人类的灾难，很多人的生活改变了，尤其是孩子们，在他们还无比欢快轻盈的生命里，因此有了关于生命的沉重思考与忧惧。

灾难，在用极端的方式，告诉我们一些深刻的道理，让我们记得更深更牢，最好永不忘记。

对我来说，日日徘徊在门外的新冠病毒，让我对生命多了一分敬畏，对自己的健康更加重视，对衡量生命长度的时间，有了深一层的认识和珍惜。

因为新冠肺炎疫情，我真切地体会到日常的美好，生命的珍贵，生而为人的神圣。

在我看来，世间最奇妙的是生命，至公平的是时间。

生命的形态大致分为两类：植物和动物。

植物依托一粒小小的种子，借助土壤、水和阳光，就可以完成破土、发芽、抽枝长叶、开花结果的一连串奇妙过程，而且周而复始，生生不息。

动物之中，又数人类最为精妙绝伦，除了身体的呼吸与生长，还有精神的成长与壮大。

人生命的意义在于见识这个世界，发现有趣的事物，并从中认识自己，找到活着的价值。

而时间是造物主送给生命至宝贵、至公平的礼物。

时间仿佛每一个生命手中的刻刀，可以完成自我雕刻，成就最好的模样。

生命如此美好，如花儿盛开，如鸟儿歌唱，如天光云影；

生命如此短暂，如沧海一粟，如白驹过隙，如昙花一现；

生命如此珍贵，如一张单程车票，上车直至终点，每一站都独一无二。路过的童年、少年、青年、中年、老年……错过，便是遗憾。

生命是我们来过这个世界的唯一凭据，是我们为之起舞的动力。

在死亡笼罩的阴霾里，生命如破云而出的光明，照亮人性天地。

我们要用宝贵的时间，与生命好好共舞一场，跳出精彩的人生。

在我看来，人想要热爱生命、好好活着，具体需要做好三个管理。

首先，管理好自己的健康。

健康的身体是生命存在的基础，也是生命物理长度的保障。保养和珍惜这个有报废年限的躯体，是必要的。管理健康这件事，越年轻时做，获益越多。具体来说就是，不暴饮暴食，不吃垃圾食品，多喝水，不熬夜玩游戏，保护好视力，调节好情绪，不做危害生命和健康的尝试，坚持规律、自律的生活。

其次，管理好自己的财富。

年轻人最大的财富无疑是时间，时间也是至公平的衡器。时间放在哪儿，成就就在哪儿。每个人每一天都同样拥有24小时，每一年同样拥有365天，但怎么使用是每个人的选择。长则十年二十年，短则三年五年里，就可以看出完全不一样的管理成效来。

年轻人也需要有理财的观念，可以从自己的零花钱着手，学会合理使用钱财，形成良好的消费习惯，克制不必要的欲望。人一旦成为欲望的仆人，追着欲望奔跑，生命也就失去了自主权。

好好学习，无疑是提前管理未来财富的秘密途径。科技创新的时代，人未来的竞争力无疑是建立在知识和能力之上的。

最后，管理好自己的身材。

身体的胖瘦程度，是跟健康有密切关系的。过于肥胖的身体必然有一系列的健康隐患，过于挑食节食导致的消瘦，也不是身体健康的福音。

同时，身体的胖瘦很大程度上还取决于一个人的自律和意志。

健美的身材无疑也是自信的来源，会给人带来更多的身心愉悦；反之，自我否定的想法与受外界资源的局限也会明显增多。

当然，我这里所说的身材管理，并不是鼓励女孩们去节食减肥、整容修颜；也不是鼓励女孩们去取悦某人或迎合流行标准，而是希望女孩们拥有愉悦的身心。

具体来说，长久坚持某项运动，必将收获身材的健美，也会磨炼自己的意志。我鼓励大家最好是选择自己喜欢的运动，因为喜好生发的动力可以对抗运动过程的艰苦与枯燥。

坚持阅读，可以很好地开智生慧，化解许多因为无知无明带来的烦恼和坏情绪，使身体和精神处于愉悦之中。不管是男性还是女性，当青春的胶原蛋白流失，能支撑起你的，只有那些读过的书、走过的路，思想的境界，以及凝聚的气场。

生命如花，日日精进，徐徐盛开，芬芳自来。

生命如歌，不负韶华，翩翩起舞，我自精彩！

年轻的孩子们！现在正是你们生命最美好的时刻，当积极向上，为自己起舞，让生命精彩。

黄小衡

2020 年 8 月，于北京西山小院

目录

一、除夕，去爸爸家吃团圆饭

时间指向 2020 年 1 月 22 日。

地点锁定湖北省会武汉。武汉是一个九省通衢的城市，人口突破一千一百万，交通发达，是多条铁路线的交会之地。武汉拥有众多大学，上百万的大学生，充溢着青春的激情和希望，为这座城市带来了人潮和商机，热干面、小龙虾……一派热火朝天的生活景象。

1 月 22 日，离中国传统佳节农历大年三十还有两天。这座城市进入一年中最忙碌的时节。一拨一拨的人们忙着离开武汉，赶回各自的家乡；又有一拨一拨的人们涌进武汉，回家，跟亲人们团聚。

火车站、汽车站、轮渡码头、机场……白天黑夜，人来人往，川流不息。

没有出远门的人们也没有闲着，奔波在各大商场、超市，购买年货。大大小小的饭店里坐满了即将分别的和相聚的人们。每年春节期间，饭店生意是最红火的。因此，饭店的老板和员工们都铆足了劲儿备货，为人们准备年夜饭。

这一切的热闹都跟娅娅无关。这个十二岁的女孩，就像一艘热闹大船旁的一块小小的、孤独的岩石，隐藏在热闹的阴影里。她的世界是黑黑的、冷冷的、无聊的，此情形在周围过年热闹氛围的衬托下显得格外突出。

每到过年，爸爸都会在大年三十把娅娅和爷爷接到他的新家里，一起吃一顿象征团圆的年夜饭。在那个宽敞明亮的家里，有爸爸的新妻子，还有他们四岁的小女儿露露，以及爸爸的新岳父岳母。他们才是其乐融融的一家人，在这里，娅娅和爷爷显得那么多余。娅娅和爷爷坐在客厅的沙发上，脸上带着些尴尬，时间也显得格外漫长。娅娅两只眼睛盯着电视，好像完全被那些热闹搞笑的节目吸引了，手和嘴也一直不停地忙着。茶几上摆着的水果、饼干、坚果、点心……只要是能吃的，娅娅都会不停地拿起来往嘴里送，这几乎成了下意识的动作。不一会儿，她的面前就堆起了一座果皮硬壳的垃圾小山。新妈妈在客厅与厨房之间进进出出地忙碌着，每次眼神瞥见坐在沙发上不停傻吃傻乐的娅娅，都会皱起眉头，嘴角微撇，一副瞧不上她的样子。

过不多一会儿，借着新妹妹的一个小错误，新妈妈就提高音量说道：“露露不可以这样，记住了，我们是优雅的小公主，不可以这样没教养。”娅娅就当作没听见，继续大吃，吃完了巧克力吃橘子，吃完了枣子吃花生。

新妹妹抱着一个长耳朵兔子毛绒玩具过来找娅娅，说："姐姐，我们来玩兔子和乌龟比赛的游戏好不好？我当兔子，你当乌龟，因为你的衣服也是黑黑的。"娅娅放下手里的花生壳，准备陪小妹妹玩会儿游戏。毕竟她跟自己有血缘关系，算是亲人吧。

"露露，你还不去练琴，以为今天是大年三十就可以偷懒了？人贵有自知之明，你知不知道！"新妈妈过来一把拽走小妹妹，拉到客厅靠阳台的琴凳上，而后"啪"地关掉了电视。没有了电视机发出的浮夸的热闹声浪，屋里顿时安静下来，气氛让人觉得很有压迫感。妹妹极不情愿地"叮叮咚，叮叮咚"地敲击起琴键，娅娅开始"咔嚓咔嚓"地嗑瓜子。

好不容易等到开饭了。娅娅找到桌尾的一把椅子坐下来，小妹妹也跟过来挨着她坐下。娅娅对小妹妹扮了个鬼脸，递给她一双筷子。新妈妈又提高音量，说："露露，大人没入座，小孩子不能动筷子，记住了，我们是优雅的小公主，不——可——以——这——样——没——教——养！"

新妈妈努力装作很有涵养的样子，漠视娅娅和爷爷。娅娅其实很敏感，这些微妙的细节，她都看在眼里，但是她心里的不快从不表露出来。话又说回来，谁又会在乎她的感受呢？

爸爸吗？一个二婚的男人，有了新的家庭，在年轻的妻子面前完全没有心理优势，连自己都活得小心谨慎，自然也就无暇顾及娅娅的感受。

妈妈吗？八年前离婚后，妈妈离开武汉去杭州生活，算是抓住了青春的尾巴尖儿，再婚嫁给了一个事业有成的精英男。妈妈奉子成婚，生下一对双胞胎儿子，对方重视儿子，于是母凭子贵，妈妈算是拥有了安稳的新家庭。但是精英男跟妈妈签订了婚前协议，协议中明确约定娅娅妈妈的一婚子女没有妈妈的任何财产继承权。这位叔叔除了在意自己白手起家的财产不落入娅娅之手，还声称特别爱妈妈，无法忍受妈妈回武汉，因为这里有妈妈和前夫生活过的痕迹。他希望妈妈彻底跟过去了断，一心一意开始新生活。迟到的幸福来之不易，妈妈自然不便回武汉，也就没有什么机会来看女儿，跟娅娅的联络基本靠微信语音和视频。

爷爷吗？娅娅虽然跟爷爷同住一个房子里，但是一天也说不上几句话。奶奶去世后，爷爷没有了唠叨他的人，可也没有了给他收拾屋子、做饭洗衣的人。爷爷每天最大的乐趣就是早晨去附近的早餐店吃一碗热干面，晚上要一份鸭脖，就二两烧酒，在小店的角落里自斟自饮。

奶奶走了以后，娅娅和爷爷吃饭，基本上是做一次吃三天。爷爷周日买上肉和土豆，炖一大锅，焖一锅米饭，然后连吃三天。每天吃饭，爷爷和娅娅都埋头吃，很少说话，娅娅不知道该跟爷爷说些什么，爷爷似乎也没有要说的话。时间久了，两个人几乎不需要说话，在一个屋里好几天，他们也说不上三句话。

在学校里，娅娅似乎也没有人可以说话。跟她说话的同学，大多是说些取笑她的话。

娅娅从小就胖，从幼儿园大班开始就是个小胖墩了。那时候的娅娅就非常能吃，在幼儿园吃饭，娅娅总是要添两次饭，别的小朋友不爱吃的饭菜都会给娅娅，她也照单全收。正巧，幼儿园里学了一首儿歌——“门前大桥下，游过一群鸭……不嘎不嘎，数不清多少鸭。”有小朋友冲着娅娅喊：“不嘎不嘎，大肥鸭。”还有小朋友学着鸭子胖胖的身子摇摇摆摆走路的样子。后来，大肥鸭的外号就在班里传开了。连老师和家长之间的谈话里，也会说那个肥丫怎样怎样，大家似乎都忘了娅娅的本名叫王飞娅。到了小学，因为班里也有几个从幼儿园就在一起的同学，他们很快就把娅娅这个大肥鸭的外号传开了，于是，这个外号从一年级一直叫到了六年级。不过娅娅似乎也不在乎。娅娅的兴趣依然是食物，她最好的朋友也是食物。食物带给她舒服的满足感，哪怕这种感觉是短暂的。为此，即使身上堆积起厚厚的脂肪，娅娅也无所谓。何况，脂肪、肥胖有时候也是很好的保护呢。可以躲避，可以隐藏，可以不被关注，这些都是娅娅需要的安全铠甲。

“娅娅，快快，凑近一点。”新妈妈催促着。娅娅站起来跟小妹妹、爷爷、爸爸、新妈妈、新外婆外公一起凑在自拍杆举着的手机屏幕前。娅娅挤出一个笑容，手机“啪啪啪”连着拍了几下，记录下除夕夜一家人团聚的时刻。新妈妈连饭都不着急吃，忙着精心修图，再配上一段温情的文字：“和老公的两个女儿一起吃团圆饭，好开心，爱你们！”发个朋友圈，晒一晒自己的幸福生活，展现自己的贤良与美貌。娅娅不明白大人为什么非要做这些毫无意义的事情，还不如填饱了胃实惠。娅娅夹起一只大虾正准备往嘴里送，新外婆突然问话了：“娅娅，你现在有一百三十斤了吧？”娅娅把虾塞进嘴里，歪着头露出天真的笑容，含糊地说：“不知道呢，好久没称体重了。”

“我说姑爷，这女孩都随妈长，不好好教可不行。”新外婆显然对娅娅的表现很不满意，直接把话锋对准了自己的姑爷。娅娅爸爸嘴上“嗯嗯啊啊”地应着，内心虚弱无力地躲闪着剑锋，只求自保。

一顿年夜饭好不容易吃完了，娅娅撑了个肚子圆滚滚，管他们说什么，吃饱了才是自己的。

吃过饭，娅娅和爷爷起身告辞，大家虚虚地说着“新年好”的应景话，在门口告别，再见面应该是下一年的除夕了。

爸爸开车送娅娅和爷爷回家。这是一个老旧的小区，都是六十年代的老房子，一栋栋破旧的小矮楼挤在高楼大厦之间，显得很不协调。这里人口密度大，附近还有一个有名的海鲜市场，拆迁起来不容易。娅娅放学的时候常常经过海鲜市场，里面有很多摊位贩卖海鲜、河鲜，还有野味。无聊的时候，娅娅就会一个摊位一个摊位地转，就当是逛了一次动物园。

到了小区门口，爸爸把车停下来，娅娅推开车门准备下车。爸爸喊住娅娅："不跟爸爸说新年快乐吗？""新年快乐。"娅娅敷衍地在喉咙里嘟囔了一声。爸爸从口袋里拿出三张一百元的纸币，从驾驶座递给后面的娅娅，这八成是爸爸存的私房钱。娅娅稍微犹豫了一下，还是夺过钱迅速下车。她不想说谢谢，也不忍拒绝爸爸这点可怜的心意。她知道他为难，在家做不了主，因此也很少去麻烦他。

爸爸从车窗喊了一句："武汉现在有流行疾病，没事别到处跑。"

娅娅一口气摸黑爬到六楼，掏钥匙打开门。屋里透出昏暗的灯光，照着狭小凌乱的房间。这是一套老式的小两居室。客厅很小，仅仅够放一张餐桌，桌子上还摆放着昨天吃剩下的食物。周围堆着瓶瓶罐罐、包装纸盒、塑料袋，这些都是爷爷舍不得丢掉的。两间小小的卧室，爷爷住在朝阳的房间，朝北的房间是娅娅的，里面也都随意堆放着衣服和物品。小小的厨房，仅够一个人容身，水池里泡着一堆碗筷，每次都是水池堆不下了，娅娅才集中洗一次。

娅娅长舒一口气，四仰八叉地和衣躺倒在床上。即使这样破旧的房间，也比刚才在爸爸家待得舒服，娅娅宁可一直待在这里。

打开老旧的电视机，湖北台在发布有关新冠肺炎疫情防控信息，从昨天开始，武汉市就为防控疫情而封城了。全市城市公交、地铁、轮渡、长途客运暂停运营，无特殊原因，市民不可离开武汉，几乎所有的离汉通道都暂时关闭。新冠肺炎疫情让这个除夕变得怪异冷清，也给整个武汉蒙上了一层阴影。但是娅娅觉得无所谓，热闹也好，冷清也好，都和她没有关系。娅娅把电视调到中央台，那里还在直播春节联欢晚会，小品、相声、歌舞，好歹有些热闹的声响。娅娅歪躺在沙发上看电视。爷爷坐在旁边看了一会儿就开始打瞌睡了，然后就回自己屋睡觉去了。

娅娅一直强撑着把春节联欢晚会看完。零点钟声敲响以后，她站在阳台上看了看，外面是冷清的夜景，没有鞭炮，没有礼花，也没有妈妈的电话。难道自己是在等妈妈的电话吗？娅娅冲着自己“切！”了一声，算是对自己的鄙夷，也是对失落心情的鄙夷，然后懒懒地回屋睡觉去了。

二、爷爷生病了

等到娅娅醒来，睁开眼睛看了一眼手机，已经十一点半了，快到午饭时间了。娅娅赶紧起床穿衣洗漱。奇怪，爷爷怎么还没有起来？老人觉少，爷爷平时雷打不动地早起。娅娅推开爷爷的房门，只见爷爷躺在床上，蜷缩成一团。娅娅走近床边看看，爷爷有点不对劲，娅娅伸手摸摸爷爷的额头，好像有点发热，但家里没有体温计，没法量体温。娅娅去厨房烧了壶开水，给爷爷的杯子里倒了半杯，然后端给爷爷喝。

“爷爷，你哪里不舒服？”娅娅问爷爷。

“浑身没力气。感冒了。”爷爷喝完水又躺下了。娅娅去客厅的小柜子里翻找，找到几片感冒药，拿去给爷爷吃了。

娅娅去厨房找吃的。冰箱里除了一点青菜、几个鸡蛋、辣酱之外，就剩下两包方便面了。

娅娅用烧好的开水煮方便面，又加了个鸡蛋在里面，还放了点辣酱。“哇！新年的早午餐，我要开动了哟！”娅娅学着日本动漫人物的口吻，正准备开吃，手机响了，来电显示是妈妈。娅娅内心激动地接通电话，但声音却是懒洋洋的“喂——”。

“喂喂，娅娅吗？我是妈妈。”

“哦，妈妈呀。新年好呀！”娅娅装作无所谓的淡淡口气。

“娅娅，你听妈妈说，现在武汉已经封城了，听说新冠肺炎闹得很厉害。你千万要小心呀。不要出门乱跑，不要去那个海鲜批发市场，不要……”妈妈在电话里的声音焦急不安。

“知道了，妈妈。”娅娅在电话这头淡淡地应着。

“对了，娅娅，你让爸爸给你们买些食物和水囤在家里。最好多买一些，买上一个月不用出门的。”妈妈在电话那头不停地安排着。娅娅根本插不进话。好半天，等妈妈说的差不多了，娅娅才插进去说：“爷爷生病了，在发烧。”

“……”电话那头沉默了很久，然后传来妈妈带着颤抖的声音：“娅娅，你别怕，妈妈这就给你爸爸打电话。”娅娅“嗯”了一声，妈妈已经挂断了电话。

娅娅想起来该吃面了，但泡面已经凉了。娅娅

想想爷爷也还没吃东西，又端着泡面回到厨房，把面倒进锅里，加水煮热，又加了一个鸡蛋和几片青菜。等面开锅了，娅娅把面分别盛在两个碗里，又给每个碗里夹了一个鸡蛋、几片青菜。娅娅端起一碗面走进爷爷的卧室，爷爷半靠在床头，很费力地喘气，脸上是难受的表情。娅娅伸手摸了摸爷爷的额头，又摸了摸自己的额头对照，感觉爷爷是有点低烧，没有发高烧。娅娅心里踏实了一些，在她的经验里，发高烧才是真的生病了。

“爷爷，您没事，就是有点感冒，起来吃点面吧。”娅娅一边安慰爷爷，一边把面递到爷爷眼前。

爷爷睁开眼睛，坐起来勉强吃了几口面，又闭上眼睛躺下了。

娅娅端着碗出来，让爷爷继续休息，自己坐到餐桌边吃完了一碗面。她看了看爷爷碗里的鸡蛋，把鸡蛋夹起来吃掉了。

娅娅的电话又响了，今天大年初一，还挺热闹的。

“娅娅，我是爸爸，听说爷爷生病了，有没有发烧？”电话那头是爸爸的声音。

“有一点儿，家里没有温度计，我用手摸的。爷爷说他不舒服，别的也没什么。”娅娅回道。

“爸爸下午抽空过去看看，给你们带点吃的，你不要随便出门了，这次的病毒传染性很强。”娅娅听着爸爸的话，正想问是不是妈妈给她打电话的，突然听到电话那边传来一个气急败坏的声音："我说姑爷，你也太不省事了，传染病多厉害，你还要跑出去，要是传染给咱露露了怎么办？"

"妈，你让他去。既然舍不得那母女俩，就回去过好了，我和露露的命算什么……"

"姑爷，姑爷，你快去哄哄。你这也是的，大年初一，又是前妻，又是前女儿，换了谁谁受得了啊，也就是我闺女脾气好……"

电话那边的声音时大时小，爸爸尴尬地对着娅娅说："娅娅，先这样啊，你照顾好爷爷，回头爸爸再给你打电话。"电话挂断了，娅娅耸耸肩，做了一个苦笑的表情，自言自语道："可怜的二婚男人。"

三、疫情来了，囤点食物吧！

娅娅去阳台打开窗户，把头伸出窗外，想看看外面的情况什么样。小区里人来人往的，跟往常没什么两样，只是戴口罩的人多了些，很多人都拎着大包小包的东西，像是刚从超市购物回来。

娅娅想起妈妈的话，觉得也应该去超市买点食物回来，等着爸爸送来不靠谱。想到这，娅娅摸摸口袋，爸爸昨晚给的三百元压岁钱还在。她穿好鞋子跑下楼，去小区附近的小超市。进了小超市，娅娅发现里面的货架大多空了，只有一些油盐调料零散地摆在货架上，新鲜的蔬菜水果还有方便面都没有了。“怎么会这样？大家买年货，怎么连方便面也抢购一空？！”娅娅有些奇怪。她转身出来，犹豫了一下，决定坐两站公交车去最近的一家连锁大超市看看。公交车来了，车上的人很少，都戴着口罩。娅娅没有戴口罩，大家都像看怪物一样看着她，而且不自觉地离她远远的。娅娅想起电视新闻播报，有点明白了，这是因为疫情。这个疫情很可怕吗？如果得病，人会怎么样呢？会死吗？娅娅不太清楚，但是心里更加坚定了买些食物回家的想法。

娅娅下了车，远远就看到大超市门口很多人推着购物车，车里都是一大车一大车的食物，还有推一大车矿泉水的，也有推满车厕纸、纸巾的。娅娅站在长长的队伍后面，随着人流一点点往超市门口挪移。

好不容易进了超市，里面的场面有些失控，人们更像是在抢货，推着购物车，见到什么就往车里装，没有抢到购物车的，就直接用购物袋装，一人拎着好几大袋还在不停地拿，就像不要钱似的。娅娅也被这种夸张又紧张的气氛感染了，冲向方便面货架，也抢了几盒方便面，又抢到了几包面包片。娅娅还想买点鸡蛋，但是她太小了，根本挤不进新鲜食品区域，那里成了壮劳力的主战场。娅娅看看战况，摇摇头放弃了。巧克力也被抢购一空了，好在还剩了几块泡泡糖，娅娅毫不犹豫地都扫荡进自己的购物袋里。到付款台，又是排队的长龙。人们因为拥挤，情绪变得容易激动，抱怨的，大声嚷嚷的，说上几句就吵起来的……娅娅无奈地翻个白眼，一副“世界如此糟糕，但是跟我何干”的旁观者心态。其实她心里已经隐隐开始害怕了。“害怕又有什么用呢？”另一个声音对她说。这些年，遇到事情，她都是这么告诉自己的。因为没有人会来帮助自己。没有人！娅娅非常确定这一点。

娅娅好不容易排队结完账，拎着一袋子食品准备坐公交车回家。想想刚才车上人异样的眼光，娅娅想去药店买几个口罩。好在前面不远处就有一家药店。娅娅走过去，发现药店里也是人满为患。娅娅被堵在门口，想挤进去问问口罩怎么卖。她发现自己根本进不去，于是隔着人群大声问：“有口罩卖吗？”前面的人听见了，用手指一指大门，娅娅抬头看见玻璃门上贴着“口罩、消毒液售罄”的告示。娅娅的身后已经排了很长的队，娅娅转身往外挤，听到有人小声说着：“家里大人干什么去了？让一个小孩子跑出来买东西。”娅娅挤出人群，虽然习惯了自己照顾自己，但是冷不丁听到有人说破了，心里还是会忍不住升起一丝酸酸的滋味。娅娅使劲吸吸鼻子，把升起的悲伤情绪重新吸回肚子里去，不然弥漫出来，冲进眼眶里，又会形成讨厌的水雾了。

索性不坐车了，娅娅甩动着手里的食品袋，一路晃悠着往家走。今天是大年初一，街上几乎看不到过年的热闹景象，一家一家的饭店都是冷冷清清的，娅娅反倒有些幸灾乐祸。她平时最讨厌看到饭店里一家三口一起吃饭了，尤其讨厌看到爸爸给夹菜、妈妈哄着吃的小孩。“矫情！”每次看到那样的场面，娅娅心里就会生出莫名的火气来。

娅娅一路晃悠着回家，也差不多到晚饭时间了。娅娅一边上楼梯一边听到自己的肚子咕噜咕噜叫了，心里盘算着回去赶紧煮泡面，加一个煎蛋，再加点榨菜。

娅娅掏出钥匙打开门，听见爷爷咳嗽的声音。“爷爷，您好点了吗？我买了些吃的回来。”

爷爷的回答是一阵急促的咳嗽声。

娅娅放下食品袋，倒了杯水端进卧室，只见爷爷呼吸很困难的样子，扯着脖子想咳又咳不出来，一阵一阵地喘气。喂爷爷喝完水，娅娅又去柜子里翻看有没有治咳嗽的药，可惜没有。

娅娅打开电视，让屋子里有些声音，然后烧水煮面，吃面。电视里在播放着有关疫情的新闻，娅娅有一搭没一搭地听着。爷爷几乎没有胃口，但是体温也没有继续升高，除了咳嗽得难受，基本还好。老年人体质本来就弱，大概是受凉引起的感冒，扛两天慢慢也就好了。娅娅玩了会手机，又看了看无聊的电视剧，看看时间，差不多十一点了。娅娅准备洗漱睡觉。农历新年的第一天，还是同样无聊地就要过去了。

娅娅脱了衣服钻进被窝，被子里冷冰冰的，要一动不动地用自己的体温焐上好一会儿，才会暖和起来。

爷爷在那边咳嗽得越来越厉害，透着声嘶力竭，这让娅娅有点心烦，也有点慌乱。她躲在被窝里刷着手机，一条有关新冠肺炎的症状说明吸引了娅娅：“持续低热，咳嗽伴随呼吸困难，呕吐拉稀，肺部很快感染硬化，如果不及时救治，重症病人有生命危险。”娅娅一条条刷着有关信息，心里开始毛慌慌地想：“爷爷不会是感染了吧？不会这么倒霉吧？万一真的感染了怎么办？不赶紧送医院的话有死亡危险？！要不要等到明天早上给爸爸打电话再决定？……”娅娅不知道该怎么办。她想给爸爸打电话。面对着手机上爸爸的电话号码，娅娅迟疑了，她不敢打扰，也不想打扰，她几乎能预想到这么晚打电话过去会引起一系列骚动。“算了。”娅娅丢开手机，把被子拉到头顶，仿佛这样就能把麻烦事挡在被子外面。

四、爷爷感染新冠肺炎了

娅娅睡得迷迷糊糊时，突然听到外面“咚”的一声，有什么重物砸到地板上了。娅娅爬起来打开房门，看见爷爷躺在房门口。娅娅惊叫起来：“爷爷！爷爷！！你怎么了？”爷爷脸色惨白，整张脸难受得变了形，看上去有些吓人。一瞬间，娅娅像被一股寒流击中般哆嗦起来，她意识到也许爷爷真的感染新冠肺炎了，必须马上送医院去。

娅娅扶爷爷坐在地板上，自己慌忙穿好黑色的羽绒棉服，又给爷爷穿好外套和鞋子。临出门娅娅又想起来什么，把抽屉里所有的钱都装进口袋里，把几包方便面和面包片也一起塞进黑色背包里。

娅娅扶着爷爷一步步走下昏暗的楼梯，每走一级台阶对爷爷来说都是一次艰难的挪动。走走歇歇，好不容易走到小区门口，娅娅四处张望，希望能找到一辆出租车。深夜的街道上车辆稀少。娅娅和爷爷等了半个多小时，也没有一辆出租车经过。爷爷在冷风里冻得瑟瑟发抖，像风中一片摇摇欲坠的残叶。看着难受的爷爷，娅娅心急如焚，第一次感到深深的恐惧。

爷爷站立不住，倒在了地上，娅娅一边喊着爷爷，一边努力地拽着爷爷沉重的身体，希望能把他扶起来。绝望和恐惧像厚厚的黑雾紧紧裹着娅娅的心，她黑衣服下臃肿的身材，被一层层的脂肪包裹着，这些脂肪使得娅娅的行动笨拙而无力。

“怎么回事？需要帮忙吗？”一个声音传来。娅娅回头，看见一辆车停在路边，摇下的车窗里，伸出一张戴着口罩的脸。

娅娅满脸都是泪水和汗水，从牙缝里努力挤出十来个字：“爷爷病得厉害，要去医院，没有车……”她声音颤抖得厉害。

戴着口罩的人将头缩回车里，紧接着把车门打开了，娅娅看出这是一位女士，但是看不出年纪。

戴着口罩的女士帮着娅娅把爷爷扶进自己车的后座上，让娅娅也坐进去。她帮娅娅关好车门后，绕回前面的驾驶座坐好，重新系好安全带，扭动钥匙，准备开车。

“小姑娘，你爷爷得的什么病？去哪家医院？”女士问娅娅。

“我不知道……他难受得厉害……咳嗽，喘不上气来。”娅娅一边回答一边用袖子抹干净脸上的液体。

女士“哦”了一声，迟疑了几秒，然后发动了车子。

女士直接把车开到了武汉市医院。偌大的医院门诊大厅里已经人满为患，人挤人，声音嘈杂，目光所及都是一张张或焦灼或痛苦的脸。好心的女士见此情景没有马上离开，而是帮着娅娅扶爷爷往急诊科走。急诊科的楼道里也挤满了人，看样子，排到天亮也看不上病。娅娅心里发急，爷爷的身子越来越软，几乎是被娅娅和女士架着在挪动。女士看了看爷爷的脸色，冲着里面的医护人员大喊：“这里有位老人快不行了，他可能得了新冠肺炎，赶快来人抢救。”娅娅也跟着女士大声呼救。喊声终于吸引来医护人员，将爷爷扶进急诊室检查，留下娅娅和女士瘫坐在医院走廊的椅子上。这一路累坏了，娅娅把头埋在两个膝盖之间，小声地抽泣，刚才的一幕幕让她怕极了。

女士递给娅娅一张纸巾，娅娅接过来擦干眼泪和鼻涕，用蚊子一样小的声音说了声“谢谢”。她不敢看这位帮了自己大忙的好心女士。从很小开始，娅娅就不习惯跟别人的眼睛对视，不管是她喜欢的人还是她讨厌的人。

“小姑娘，家里还有大人吗？要不要通知他们？”女士的问话让娅娅陷入沉默。她不知道此刻该通知哪个大人。从小到大，大人们让她失望透了，失望到她什么事情都懒得跟他们讲。

娅娅就这样默不作声，用不礼貌的沉默回应着女士

的问话。娅娅也做好了女士失望离开的心理准备。她的内心甚至已经跳出那个尖细的声音：“哼，走就走呗，你们大人都这个德行，遇到事情就会逃跑。”

女士没有说话也没有走，两人就这么默默地坐着，有些尴尬，也有一丝友善的包容。

娅娅有些饿了，她放下肩上的背包，从里面拿出一包面包，抽出一片放进嘴里咬了一口，想了想又把整包面包片递给女士。女士摇摇头，对娅娅说：“这里到处都有细菌，还是忍一忍吧。”

五、爷爷住院，娅娅被隔离观察

几个小时过去了，天空中出现了鱼肚白，有医生出来通知娅娅，爷爷感染了新冠肺炎，需要隔离治疗。

娅娅还来不及反应，又有医护人员过来，对娅娅和女士说："你们接触过患者，很可能也被感染了，需要隔离观察几天。"

这次轮到娅娅虚脱了，她胖胖的身子摇晃着跌坐在椅子上。"隔离？我也被传染了？我会死吗？"一瞬间，无数个问题在娅娅的脑子里飞速转动，她脑子混乱如麻。

"我什么也没有带。"好半天，娅娅才虚弱地从嘴里吐出这几个字。同时，她用歉意的眼神扫了女士一眼。

"没带东西回头可以想办法解决，你们接触了病人，不能回去了。这就跟我去隔离病房吧。"医护人员一边解释一边催促。面对不断涌入医院的病人，她们的时间非常宝贵，一分钟都恨不得掰开用。

"我可以跟这个小姑娘住在同一个隔离病房吗？"女士开口说。

“在条件允许的情况下，我们尽量安排。毕竟小姑娘都愿意跟妈妈住在一起的。”护士边说着边带路走向病房区。娅娅想解释，已经找不到合适的机会了。

登记，检查，领取个人生活用品，一系列手续都在非常短的时间内完成了。娅娅和女士一起走进了318号隔离病房。在登记个人信息的时候，娅娅知道了女士叫韩雪洁，今年五十岁。韩雪洁也知道了小姑娘叫王飞娅，今年十二岁。

318病房里已经有两位隔离病人了。一位是爱说话的老阿姨，虽然戴着口罩，还是不能降低她聊天的兴趣，才住进去小半天，娅娅就从她的嘴里知道了她的家族情况和个人生活经历。老阿姨再有两天就能解除隔离回家了，眼看着胜利在望，她的心情好，对人自然更加热络几分。另一位是年轻的妈妈，因为心里记挂着才几个月大的宝宝，几乎每天对着手机，不是跟家人视频，就是遥控安排孩子的生活细节。

刚住进来，老阿姨就提醒娅娅她们，医院因为这次突发疫情，加上又是过年期间，忙乱得很，还没有能力解决所有隔离人员的吃饭问题。她们都是家里定时送来食物，放在医院门口，由护士帮着拿进病房。

韩雪洁轻轻惊讶了一下：“啊，原来这样啊，我家里没人来送饭呢。还可以怎么解决呢？”

“哎呀，你家里的人呢？这个时候不敢来送饭也是可以理解的，我看那些医护人员也没人送饭，每天就吃点泡面、饼干对付着。不过那样没有营养，身体没有抵抗力，怎么能对付可怕的病毒呢？我家里每天都送炖好的鸡汤来，听说喝鸡汤可以增强免疫力，现在这种时候，比钱比地位都是没用的，只有提高免疫力才是硬道理……”老阿姨因为韩雪洁的一句问话，哗啦哗啦地打开了话匣子。

韩雪洁那边已经在咨询护士，还有没有其他解决吃饭问题的途径。护士的回答让人沮丧，目前是过年期间，加上疫情，饭店没有营业，快递也很难送来。连医护人员的伙食问题也还没有好的解决办法。医院里有一家小卖店，可能还有一些吃的。

韩雪洁问清楚了情况后，安静地躺在床上，像是在休息，又像是在琢磨什么办法。娅娅听着周围的这些信息，也在心里琢磨自己的吃饭问题。虽然自己的小背包里还有几片面包和方便面，但是坚持不了多久，而且，要不要把本来就不够的食物分一些给这个叫韩雪洁的阿姨，娅娅很犹豫。按理说她也是因为好心拉爷爷来医院才被隔离的，算是被自己牵连的，可是食物就那么一点儿，自己吃还不够呢，分给她吃自己就更不够了。“她会不会主动找自己要呢？”娅娅也安静地躺在床上，但是小脑瓜子里飞速地盘算着。也不知道爷爷那边的情况怎么样了？娅娅胡思乱想着，加上折腾了一个晚上，已经又累又饿。是先吃饱肚子呢还是先睡一觉呢？这又是一个选择难题。饥饿战胜了困倦。娅娅决定先泡一碗面，热乎乎地吃饱了再踏踏实实睡上一觉。她掏出一盒方便面，撕开包装，撕开调料包，泡上热水，盖上盖子，等待面熟。整个过程娅娅做得小心翼翼，生怕动作大了会惊动闭目养神的韩雪洁。她的视线也尽力躲避着韩雪洁的方向。娅娅偷偷摸摸地吃完了面，连面汤都喝得一点不剩，这才有了饱饱的舒服感，缓缓地呼出一口气，躺在床上睡着了。

娅娅再次睁开眼，看到窗外的天依然是蒙蒙亮。“天还没亮吗？我就睡了一小会吗？”娅娅迷迷糊糊摸出手机一看，时间已经是下午五点了。这一觉足足睡了十二个小时。

娅娅转头看见床头的小柜子上有两个大大的塑料袋。她急忙坐起来，打开袋子。一个袋子里是苹果、橘子、午餐肉罐头、火腿肠、八宝粥等食物。另一个袋子里是换洗的衣服，居然还有袜子和内裤。

“妈妈！”娅娅环顾四周，轻轻喊了一声，又走到病房门口，把头贴着玻璃门往外看，走廊里并没有妈妈的身影。

娅娅的手机响了。还真是妈妈打来的。“喂喂，娅娅，你还好吗？爸爸给你们送吃的了吗？”

“妈妈，你在哪？”娅娅问。

“妈妈在杭州呀。哦，现在武汉封城，妈妈也过不去的呀。你有什么事情一定要找爸爸。听到了吗？！”妈妈在电话那头叮嘱着。

“知道了。没事我就挂了，手机快没电了。”娅娅说完，先挂断了电话。

娅娅的手机真的快没电了，她得想办法借个充电器。“阿姨，您有小米手机的充电器吗？”娅娅问对床的小妈妈。小妈妈摇摇头，挥挥手里的苹果手机。老阿姨主动说自己的手机是华为的。对床的韩雪洁主动说：“你用我的吧，我有一个多用充电宝。”娅娅“嗯”了一声，走过去接充电宝，低着眼皮，没敢正眼看韩雪洁。

韩雪洁此刻摘掉了口罩，正在吃一罐八宝粥。娅娅第一次见到韩雪洁的面容。瓜子脸庞，眉目清秀，眼角有细细的皱纹，嘴角有几分威严，虽然老了，但是很秀美。

隔离的生活并不可怕，除了进进出出的医护人员，以及例行的检查之外，娅娅觉得跟在家里差不多。每天躺在床上，睡觉，玩手机，吃饭。

老阿姨出院回家了，病房里安静了许多。新进来一个女大学生，很紧张、很害怕的样子，在视频通话时哭哭啼啼地跟男朋友撒娇。她也会向韩雪洁询问一些有关新冠肺炎的情况，韩雪洁都很认真地回答。大部分时间，韩雪洁都在安静地看书。她的床头柜上也摆上了各种食物和日用品，还有几本书。娅娅想起她也是没家人送饭来的，不知道这些东西是谁送给她的。

“韩雪洁为什么也没有家人？她那么老了，应该有老公和孩子才是正常的。”娅娅忍不住胡乱想了想，但是并没有好奇到要去打听清楚。

之后，医护人员又给娅娅和韩雪洁分别做了第二次病毒检测，结果依然显示是阴性，两人也没有出现任何的感染症状。医生告诉她们，第二天就可以出院回家了。这可真是一个好消息，娅娅忍不住伸出两根手指头做了个“V”的胜利手势。她想起爷爷，问医生：“我能跟我爷爷一起回家吗？”

医生看了娅娅一眼，说：“你爷爷的情况，那边的医生已经联系你爸爸了。爷爷不能跟你一起回去。你放心吧，爸爸会处理好的。”说完，医生又提醒娅娅：“你记得提醒你爸爸明天来接你出院。回家后也要继续隔离观察，不能随意出门。”

这是在医院的最后一晚了，娅娅开始收拾自己的东西。其实也没什么可收拾的，除了几件换洗的衣服，食物基本都吃完了。后来爸爸又送进来一大袋子食物，依然是护士趁娅娅睡着后放在了她的床头柜上。

娅娅看到了充电宝——这几天多亏了这个小东西，不然手机要是没电了，自己可就无聊死了。娅娅把充电宝递给韩雪洁，冲她挤出一丝笑容，说了声：“谢谢。”

韩雪洁抬起头来，也给了娅娅一个无声的微笑作为回答。

娅娅心想，这个女人确实帮了自己和爷爷的大忙，但是从此也就相忘于江湖啦，武汉那么大，怕是再难见面了。娅娅心里的小人儿冲着韩雪洁挥了挥小手，算是道别。

第二天一早，娅娅跟韩雪洁办理出院手续，然后给爸爸打电话。

电话那头，爸爸含含糊糊地说一会儿再回拨给娅娅。过了一会儿，爸爸打来电话，说家里有点事走不开，问娅娅能不能自己打车回原来跟爷爷住的家。

“你能有什么事，不就是她不让你来嘛。你告诉她，放心，我就算死在外面，也不会把病传染给她和她的宝贝女儿。”一口气说完，娅娅狠狠地挂断了电话，病房里所有人都呆呆地看着娅娅，等着她号啕大哭，或者大发脾气，病房里的空气安静得几乎凝固了。娅娅刚才还像一只气鼓鼓的大黑气球，现在突然“嗖”地一下泄了气儿，她跟没事人一样，撕开一包饼干，一片接着一片往嘴里塞，直到把整包饼干吃完了，抹干净嘴上的饼干渣，然后把塑料袋扎紧，拿上手机，准备自己下楼出院回家。

“飞娅，你愿意跟我一起回家吗？我也是一个人住，咱们还能一起做个伴儿。”韩雪洁突然开口说话，打破了病房的安静。

娅娅也被这个突然的邀请惊讶得不知所措。娅娅知道这个女人不是坏人，但是去她的家？跟她一起生活？娅娅没有任何的心理准备。她傻傻地待在原地，但是脑子飞速旋转着：这个女人为什么突然邀请我去跟她一起住？她出于什么目的？

“跟她一起住也没什么不好的，她家里至少有吃有喝。她是个女的，也不会把我怎么样的。”娅娅在心里打着她的小算盘。

娅娅还没来得及回答，韩雪洁已经进一步发出邀请了：“我家里食物储藏丰富，我还是个美食达人，我们两个女的住也挺安全的，你可以给你爸爸打个电话，告诉他我的电话号码和家庭住址。”

“好，我跟你回家。不过我吃得挺多的。”娅娅快速答应了，生怕韩雪洁反悔，自己错过一个机会。她还把两个嘴角弯成调皮状。

“放心，我养得起你。”韩雪洁笑起来，露出一排洁白的牙齿。

六、寄住在病友家

娅娅和韩雪洁一起走出住院区，找到韩雪洁之前来医院时开的车。两个人上了车。娅娅想坐在副驾驶座上：“我想坐前面，看看外面的风景。”

“小孩子不能坐副驾驶座。这是交通规则。”韩雪洁一边发动汽车一边说。

“我已经十二岁了，不是儿童，可以坐在前面。”娅娅不情愿地爬进后排座位，但是嘴上还在找补着。

“你带身份证了吗？怎么跟警察证明你已经十二岁了。”韩雪洁毫不退让。

不过两个人的心情都无比轻松，是一种出门放风的心情。娅娅贪婪地看着路两边的风景。

车子开进了一个小区后直接进入地下车库。韩雪洁停好车，领着娅娅从地库里坐上电梯，电梯到一层就停下了，韩雪洁的家在一层。娅娅发现她家所在的这栋楼在整个小区的最后一排，而她家又是这栋楼最靠西边的单元，紧挨着小区西边的围墙。

韩雪洁用戴着医用手套的手掏出钥匙开了门，又顺手摁亮了家里的灯。娅娅进门后一边换鞋，一边用眼睛打量着屋里。这是一套三居室的房子，结构跟爸爸的新家差不多，大大的客厅连通餐厅，厨房连着一个北边的小阳台，小阳台上放着洗衣机、储物架。厨房和餐厅之间还有一扇门，好像是个储物间。两间并排朝南的房间是卧室，朝北边的房间是书房。韩雪洁推开其中一间稍微小一点的卧室门，房间内的一切映入眼帘：靠南的墙是一整面巨大的落地玻璃窗，阳光照进来，即使是冬天，屋子里也温暖亮堂。靠窗边还有一个小飘窗，铺着白色的长毛地毯，毛茸茸的，躺在上面晒太阳一定很舒服。旁边还有一个小矮茶几，上面有一个花瓶和几本书。与大窗户平行放着一张公主大铁艺床。床头上方挂着一个青春美少女穿着纱裙跳芭蕾舞的油画像。床北边是一排白色衣柜，衣柜旁边是一面落地的大镜子，古铜色花纹镶边。娅娅进屋站在镜子前面，镜子里映照出她黑色长羽绒服包裹下的臃肿身材，黑黑胖胖的一大坨，跟这个明亮雅致的房间非常不协调。娅娅本能地挪开，站到镜子照不到的角落。墙面是淡淡的藕荷紫壁纸，上面有小而雅的丁香花束。这是一间少女感十足的房间。

“喜欢这个房间吗？以后你就住在这里。”韩雪洁问娅娅。娅娅点点头，表面平静，其实内心狂喜，甚至有些不敢相信。同时，娅娅的好奇也写在脸上：“她不是一个人住吗？怎么会有这样一间少女房？”韩雪洁像是看懂了娅娅脸上的问号，主动解释说："这是我女儿曾经住过的房间。她现在长大了，在法国定居，不常回来。"

韩雪洁说着，指了指床头的油画像，"那就是我的女儿，她名字叫周语诗，小名叫小鱼儿，你可以叫她小鱼姐姐，也可以叫她小鱼儿。我们家不讲究辈分和名字的叫法。"

娅娅点点头，眼睛盯着画像上的少女看。她没想到油画上的人像居然是这间屋子的主人。她是那么美好，表情宁静，身姿优雅，脚上穿着粉红舞鞋，散发着梦幻般的气息。站在这张油画像面前，娅娅觉得自己就是一只丑肥鸭。

"我抽空把小鱼儿的旧衣服整理一下，看看哪些你能够穿，其他的我挪到储物间里去。"娅娅没有回应韩雪洁，她的心情再次低落，整个人变得懒懒散散的，心里想着："即使借住在这样的房间里，狗屎依然是狗屎，肥鸭依然是肥鸭，改变不了什么的。"

"飞娅，你要过来参观一下我的房间吗？"韩雪洁的声音从隔壁传来。娅娅懒散地走过去，靠在门口，敷衍地打量着韩雪洁的房间。这个房间很淡雅别致，深色的原木家具，丁香紫的墙面，落地窗下是一组古色古香的榻榻米茶室，摆放着一应俱全的工夫茶具。

"你的名字王飞娅非常好听，飞娅，感觉是要飞呀！"

“我们班同学都叫我肥鸭。”娅娅无所谓地说着，像在说别人的事情。韩雪洁走过去，想摸一摸娅娅的头，娅娅脑袋一偏轻巧地躲了过去。她讨厌任何的怜悯和同情。

“那你希望我叫你什么呢？娅娅？”

“随你便吧。”

“你可以叫我雪洁。我女儿现在也这么叫我。”

“你真的打算让我在你家白吃白住？”

“放心，我养得起你。”雪洁感觉到娅娅的内心急速变冷，还隐隐有抗拒的姿态。她想调侃一下，让气氛轻松一点。

“无事献殷勤……”娅娅抠着指甲，嘴里嘟囔着。

“非奸即盗。”雪洁笑着接完这句话。

“世界上没有无缘无故的好。”

“是的，没有无缘无故的好。”

“所以，你对我好就是假惺惺，通过可怜我来满足你自己的虚荣和伪善。”娅娅不依不饶。

“但是这个世界上有善良。”

“善良是什么？”

“善良就是，曾经受伤过、难过过，因此懂得痛苦的滋味，当别人也受伤难过时，可以感同身受。”雪洁话还没说完，娅娅“砰”的一声关上房门，给雪洁一个重重的闭门羹。

其实是娅娅的内心被雪洁的话猛烈撞击了，到现在还生生地疼。已经好久了，娅娅的心不再有这种痛感。心麻木了，就不难受了，这是她这些年的生存经验垒起来的心墙，她不想轻易被人攻破了。

可是她又后悔了，觉得自己很过分。明明寄人篱下、受人恩惠，还这样对人家，简直是不知好歹。娅娅的内心时常矛盾混乱，她不知道怎么跟人相处，还总有一股莫名的反叛的火焰一点就着。娅娅现在就处在这样一种莫名其妙、浑身是刺的状态里。她不知道别人是否也跟自己一样，别人是如何改变的。

房门外没有动静。“雪洁是在生气吗？她会气得后悔收留自己吗？会不会马上就赶我走？”娅娅有些后悔，但是转念一想，反正都这样了，雪洁要是后悔了就把我赶走吧，无所谓了。反正我也不属于这里，大不了一个人住回老房子去。

想到这些，娅娅衣服也懒得脱，四仰八叉地躺在大床上，等着雪洁过来请她离开。

等着等着，娅娅困了，和衣睡着了。等她醒来，发现身上盖着一条毛毯。

娅娅掀开毯子坐起来，回想了一下白天的经过，然后打定主意，拉开房门，走到客厅。厨房里飘来一阵肉香，闻到肉香，娅娅意识到自己的肚子饿了。

餐桌上已经摆好了两副刀叉，一盘蔬菜沙拉，还有一碟面包片。

雪洁从厨房出来，手里端着两个盘子。“醒了，饿了吧，正好一起吃午饭。”

雪洁把盘子放在餐桌上，自己坐下来。娅娅也过去坐在一盘牛排面前，拿起刀叉不客气地切割起牛排来。

雪洁的盘子里是手掌心大小的一片煎牛排，三片煎土豆。她吃得很仔细，把牛排切得如肉丁大小，然后放进嘴里慢慢咀嚼。

娅娅的盘子里是比整只手掌还大的一片煎牛排，还有十来片煎土豆。娅娅把牛排切割得像土豆片那么大，一大口一大口地吃，吃得很快，几乎是雪洁吃一小片牛排的工夫，娅娅已经风卷残云地吃完了盘子里的肉和土豆。她坐在餐桌旁忍不住打了个饱嗝。

“娅娅，再吃点蔬菜沙拉，植物纤维帮助消化。”雪洁提醒道。

“我不爱吃青菜，而且我已经吃饱了。”娅娅坐在雪洁对面，看着雪洁慢条斯理地吃完盘子里的食物。

“我在等你说话呢。”娅娅实在忍不住了，单刀直入地问。

“等我说什么？哦，我忘记了。本来是要说的，看你饿了吃得香，就忘说了。”雪洁想起来，笑着说。

“你是打算让我吃饱了再说吧。还挺有涵养。谢谢了。”娅娅的心突突突地跳得厉害，但是话说得还是很冷、很硬。事情既然躲不过，就让它早点到来吧，免得自己心生希望。

“我是想说，欢迎娅娅来到我们家。希望你能住得愉快。也庆祝咱们顺利度过隔离期，逃过一劫，所以我煎牛排庆祝一下。”雪洁说完，补充一句：“我还想说，你一会记得洗澡。你的房间里有浴室。我找出了几套小鱼儿的居家衣服，你应该能穿。”

“说完了？！没了？！”

“说完了。”

“你不想赶我走？”

“我为什么要赶你走？”

“我这么没礼貌、没良心，还顶撞你，你留我住找气受吗？”

“我不觉得你没良心，你的那点小针小刺，对我这样身经百战的战士来说，就是毛毛雨啦！”雪洁学着港台片里的腔调，秒变戏精。

“真不知道你打我什么主意。你不会是人贩子吧？”看雪洁没打算赶自己走，娅娅的一颗小心脏安稳了，忍不住调侃起雪洁来。

“我是西天佛祖，专门收服小妖精。”

“哈哈哈……”娅娅被逗得大笑起来。

“你笑起来真好看，两颗小虎牙很神气。”

“讨厌。我去洗澡了。”娅娅飞也似的跑回房间，准备洗澡。她太不习惯有人夸赞自己了，猛然听见了，觉得假得很，但是心里居然在窃喜。“唉，自己竟然也这么虚荣。”娅娅面色柔和地去洗澡了。

娅娅洗完澡，穿着小鱼姐姐的家居服出来。雪洁也在自己房间洗完了澡，换了一身中式宽棉袍，非常古典好看。

“你要出去？”

“不出去呀。”

“那你穿这么齐整？”

“在家里也可以穿得美美的呀！生活就需要过得美美的。”

“臭美！”娅娅耸了耸鼻子，做出一个调皮的嫌弃表情。

“不是‘臭美’，是‘香美’。你看，所有美的东西都是香香的。”雪洁故意逗着娅娅。

“从今天开始，我们俩就要在这里待上一个月、两个月，甚至更长的时间。我带你熟悉一下地形，看看我的存货，好让你安心。”娅娅点点头，对于存货，她还是很上心的。

七、参观储藏室和秘密花园

雪洁带娅娅走到厨房和餐厅之间，这里有一扇窄门。雪洁拉开白色的窄门，里面是一个狭长的储物间。沿着狭长的墙壁两边，放着两排直通天花板的多层货架。只见货架上整齐地码放着一个个塑料收纳盒，上面分门别类贴着标签，左边一列是纸巾、厕纸、洗涤用品、清洁用品、口罩、消毒液、酒精、消防面罩……右边一列货架上的收纳盒的标签写着：黄豆、绿豆、黑豆、杂粮、面粉、调味料、酱油、木炭、方便面、罐头、海带干、红枣、各类坚果、菜干、香菇木耳、红薯粉条、牛肉干、腊肉、香肠……正中间的地上摆着两口大陶缸，都盖着盖子。娅娅揭开一个盖子，里面是一缸大米，足足有 200 斤。另外一口缸的盖子用蜡封着，打不开。雪洁告诉娅娅，里面是绍兴花雕酒，足足 50 斤。娅娅看得直吐舌头，问雪洁："这都是你疫情暴发这几天囤的货？如果就你一个人，怕是一年也吃不完。"

"这是我常年的储备习惯，打折时候就囤点，一是省钱，二来有备无患。这不，突然赶上疫情，就派上用场了。咱们两个人吃几个月也没问题。”

“你是《末日终结者》影迷？”

“我是饥饿阴影笼罩者。”雪洁笑着说，“我小时候挨过饿，一直都有一个心理阴影。我很喜欢看各种灾难片，还有那些讲历史上各种经济危机中如何生存的故事。个人在巨大的灾难面前是渺小的，只有那些有足够准备的人才有能力度过大大小小的危机。”

“你也担心挨饿呀，我还以为就我怕没吃的呢。”雪洁拥有这么多见识，娅娅很欣赏。她也暗自庆幸自己的果断决定，跟着这么有远见、有准备的人，这段时间自己肯定饿不着了。

“现在你不用担心住在这儿的吃饭问题了吧？我说过我养得起你，我可是说话算数的。”

娅娅抿着嘴偷偷乐。

雪洁领着娅娅走到两个卧室中间的那间房门口，推开门，里面简直是一座小型图书馆。沿着墙壁一溜都是从地面到天花板高的实木书架，中间用顶天立地的实木书架做隔断，书架上摆满了书，每个书架都写着条目：中国古典文学、外国文学、历史、艺术、儿童文学、年谱画册……靠窗前有一张厚长条的原木大桌，一张藤椅。桌子上的一排笔架上挂着大大小小的毛笔，桌上还有一个豆青色的美人肩花瓶，里面插着形态曲曲折折的蜡梅干枝。

娅娅的眼睛睁得大大的、圆圆的，她从来不知道一个人的家里还可以拥有这么多的书。“这些书都是看的吗？”娅娅还是有点不敢相信。

“这些都是我喜欢的书，我有时间就看书，非常享受阅读的过程。这里也有不少适合你读的书，都是当年为小鱼儿买的。这里的书你随便读，只是有一条，我对书有洁癖，不喜欢书上沾染污渍，所以不可以边读书边吃东西。我自己都是洗干净手之后才进来看书。我觉得这是一个读书人对书起码的尊重。”

娅娅默默地听着，心里有点为难。要知道，她平时连学校规定阅读的书都懒得看，即使看也是躺在床上，一边吃零食一边看，一本书看完后，常常是“色香味”俱全了。

这样读书岂不是受戒？不过在这样干净、肃穆的环境里读书，吃东西确实很有违和感。

娅娅站在书房门口，突然对书有了一丝敬畏感，小心翼翼地看着，不敢随便乱翻，还不自觉地把没有洗干净的手捏成小拳头缩在袖子里。

雪洁在书房里逐一巡视了一遍自己的宝贝后，退了出来，双手搭在娅娅的肩头，推着她往客厅方向走，说：“走，我带你去一个秘密花园。”“真的假的？”娅娅嘴上不以为然，其实心里已经有七八分信了，而且非常好奇，心想：“这个‘无所不能’的雪洁，弄出来的秘密花园会是什么样子？”

两个人穿过客厅，在客厅西南面有一扇玻璃门，门上还挂着一幅蜡染的蓝色图案的门帘。雪洁打开门，掀开门帘子，娅娅跟在后面。

“哇！这也太漂亮了吧！你怎么想到的？！”娅娅被眼前的景象惊艳到了。

客厅外面是一个一百平方米左右的长方形大院子。雪洁用透明的玻璃把院子整个覆盖起来了，建成了一个大大的共生温室花房。屋外是萧条寒冷的冬天，花房里却温暖如春，生机盎然。一条十几米长的水渠贯穿花房中央，水渠里金色、红色、白色的锦鲤在愉快地悠游。水渠里的水循环流动，鱼儿也顺着水流的方向成群游动，水流的潺潺声在安静的花房里，显得格外响亮、悦耳。

水渠两边长满了各种植物，形成一条绿色植物带。植物带的两边是黑色鹅卵石铺成的林间小路。路边种着错落的植物和树木，这些树里，娅娅只认识桂花树。不远处还专门开辟出了两个长方形的花圃，一个里面种满了各种颜色的玫瑰和月季，现在正开得鲜艳。另一个花圃里是大朵的山茶花和芍药花。雪洁介绍说，那些有粗壮根茎的是牡丹，等到五六月份，碗大的牡丹开了才叫好看呢。细细枝叶大大花朵的铁线莲，用花盆种着，罩上一个长长的钟形铁艺架，像一个个开花的鸟笼子，穿插摆放在合适的位置。还有一丛丛的雏菊、长长花穗的鲁冰花、金鱼花、倒挂金钟花、小铃兰，一丛丛高低错落，显得峰回路转，曲径通幽，意蕴悠远。

在两个相对的花圃中间，有一片绿油油的草地，草地碧绿、柔软，非常整齐，娅娅搞不清是真草还是仿真的地毯。雪洁已经脱了鞋子赤脚站在上面，双手举过头顶，用一只脚尖抵住另一只腿的大腿内侧。娅娅在电视上看过，这叫瑜伽，但是不知道具体的动作名称。“这是我每天练瑜伽的草地，你过来踩一踩，很柔软。”娅娅走过去用手摸了摸，果然是真的草，非常柔软。

整个花房高达三米，里面错落有致地生长着高低不同的植物，还有攀岩缠绕的爬藤。娅娅觉得，这个空间好像一个天然的植物丛林。

娅娅在里面钻来钻去，觉得好玩极了。此前，她只是在学校组织春游的时候参观过植物园和农业嘉年华，她很喜欢那些奇异的植物，没想到雪洁居然在自己家里打造了一个花园。

花园里的很多植物娅娅都不认识。雪洁逐一给她介绍：沿着水渠栽种的有四叶草、紫罗兰、鱼腥草、紫苏、薄荷、铁线蕨、鳞毛蕨等植物。那边还有麦冬、当归、党参、益母草、香艾等中草药。

那些高大的树木，有枇杷树、蓝莓果树、丁香花树、佛手柑、青柠树、树状葡萄，还有美人蕉和芭蕉丛。在芭蕉丛下，有一副藤桌藤椅，人可以躺在藤椅上。

靠近西边的角落是爬满墙的凌霄花，深绿色叶子下，居然有一个秋千架。娅娅惊喜地跑过去，双手抓住秋千绳，抬屁股坐上去，还没开始晃悠，秋千绳的顶端就发出“咔咔”的断裂声，吓得娅娅赶紧下来。她尴尬地做了个鬼脸。

雪洁还挺善解人意：“这秋千是小鱼儿以前常玩的，许久没有人坐，绳子都朽坏了，得修修了。”

花房里的水渠一直往西边流出去了，娅娅好奇地顺着水渠继续西行，发现这里有一道厚厚的玻璃墙，墙上有一道塑料推拉门。水渠在推拉门下面经过，鱼儿也顺着水渠游到门那边去了。

娅娅好奇地拉开推拉门。“哇——好多蔬菜呀！”娅娅站在门口，惊叹眼前看到的一洼洼菜地。这是靠着小区院墙盖起来的一个蔬菜大棚。水渠从花房引过来，在蔬菜大棚里走了一个 L 型，水上漂着一个个培养皿，上面长着一丛丛水培蔬菜。这些蔬菜，娅娅大多不认识。水渠两边是一垄一垄菜地，也种满了蔬菜。西红柿娅娅认识；一根根翠绿翠绿的黄瓜从架子上垂下来；一棵棵小油菜绿油油的；还有顶着绿色缨子的白萝卜，身子埋在土里，露出一点点青白色在外面。娅娅看到一片绿茸茸的叶子，她好奇地蹲在地上，脸贴着地面，想看看这是什么菜。雪洁弯下腰拔起一棵，绿茸茸的缨子下，是一根细长的胡萝卜。

此刻，娅娅的脑子里有一百个问题，但是她还顾不上问，因为眼睛所看到的都是她无法想象的。

“你一个人种这么多菜怎么能吃得完？你还卖菜吗？”

“当然吃不完。我不卖菜，我送菜。”雪洁似乎早就等着娅娅的提问：“这个小区里的居民都是我送菜的客户。”

“哦。”娅娅点点头，“你去隔离的这段时间，怎么这些菜没有人浇水还没有干死呀？”

“没有人，不等于没有浇水。你看，我这里有定时的自动喷淋设计。”

顺着雪洁的手指，娅娅看到菜地之间，果然有细细的喷杆。

“哎呀，怎么还有鸡？！”从后面的干草堆里，突然飞出一只母鸡，欢快地唱着歌，扑扇着翅膀，飞奔到娅娅身边。娅娅蹲在地上，没防备，被粗心的母鸡撞了个屁股蹲儿。

“大花这么高兴，看来是下蛋了。”雪洁往拐角的草堆走去，那里有一个木栅栏的鸡笼，旁边堆着干草和一些枯木桩。娅娅也赶紧跟过去，草堆里果然有四个鸡蛋。雪洁捡起来，把一枚鸡蛋放在娅娅手里：“你摸摸，还是温热的，这是刚刚下的蛋。这三枚应该是前几天下的。”娅娅手握着这枚鸡蛋，果然还有些温热。

“这些都是你，一个女人，自己弄起来的？”

“瞧你说的，就跟女人不应该能做成似的。女人只要有头脑、有钱，想干的事情都能干成。”雪洁站在旁边，露出一脸坦然的得意笑容。

雪洁蹲下身来仔细观察靠墙的几段朽木，娅娅凑过去一看，上面居然长满了密密的黑木耳。伸手摸一摸，软软的，真好玩。娅娅还是第一次看到木耳生长的样子。

雪洁把手里的鸡蛋都交给娅娅，自己腾出手来摘了一捧木耳，嘴里说着“今天的晚餐有喽”。路过菜地的时候，雪洁又拔了几根胡萝卜，摘了几棵小油菜，装在随手拿到的一顶旧草帽里，把它们捧回了屋。

八、两个人的晚餐

参观完了温室花园和大棚菜园，两个人回到屋里。娅娅彻底被惊着了，没想到一个人的日子还能这么过。这不起眼的居民楼里简直别有洞天呀，也只有雪洁这样有知识、有头脑、有魄力、爱生活的女人才能干成这样的事。从上午进门到傍晚，不过十来个小时，娅娅已经不可救药地被韩雪洁折服了，不，何止是折服，是欣赏，是崇拜。同时，娅娅也有种想亲近雪洁、想跟随雪洁生活的情感冲动。娅娅表面上波澜不惊，内心已经万马奔腾、心有所属了。还好雪洁没有察觉到，不然娅娅觉得自己就丢脸丢到太平洋了。娅娅的胖脸蛋儿红扑扑的，不知道是因为激动，还是因为温室里的温度高。

“娅娅，你会做饭吗？”

“嗯，我会煮泡面，还会煎蛋。”

“愿意跟我一起做饭吗？”

“嗯。”娅娅跟着雪洁进了厨房。厨房并不是很大，但是厨具一应俱全，烤箱、冰箱、各种大小的锅，大大小小不同花色和形状的盘子、陶瓷汤盆、粗陶罐子，琳琅满目。

“你一个人吃饭，还弄这么多锅碗瓢盆，不嫌麻烦？”娅娅帮着洗菜、剥蒜，打打下手。

“人生是一趟有去无回的时光列车，每一天都值得好好对待，一日三餐更不能凑合。”雪洁麻利地敲破蛋壳，用筷子打蛋花。热锅，下油，放几粒姜末，倒蛋液，鸡蛋炒好后出锅，再下油，放蒜瓣，倒入新鲜的木耳，木耳遇高温后会发出噼里啪啦的声响。“像不像过年放鞭炮？”雪洁说着话，又把鸡蛋重新倒入锅里翻炒了几下，放入新鲜的小葱段，黄、黑、绿、白，一盘色香味俱全的木耳炒鸡蛋就可以上桌了。

不一会儿，餐桌上摆上了一盘木耳炒鸡蛋、一盘香菇油菜、一碗五花肉片烧胡萝卜汤。红绿橙黑白，配着素雅的蓝花浅盘很好看。

雪洁给自己和娅娅各盛了一碗米饭。她双手合十，挤着调皮的笑，学日本影视里女人的样子说：“我要开动啦！”

娅娅被逗乐了，“你好没大人样。”

“大人样是什么样？这样吗？”雪洁故意夸张地板起面孔，把眉头拧成疙瘩。

娅娅一口饭差点呛到嗓子里。“你真是一个奇怪的女人。”

“我是一个真实的女人。”雪洁促狭地问：“你喜欢吗？”

“你女儿喜欢你这样不正经的样子吗？”娅娅反将一军。

“小鱼儿嘴上常常说，妈妈严肃点，妈妈正经点，但是我知道她很喜欢我跟她在一起时没正形儿、无拘无束的样子。”

“你跟一般的大人还真是不一样。”

“那是别的大人这里有问题。”雪洁用手指敲敲自己的脑袋，“生怕在小孩子心里没地位，处处要威风、立规矩、吓唬人，他们不懂小孩子。”

“你很有钱吗？弄这么大一个土豪庄园。”娅娅问。

“一般有钱吧。我的庄园是花心思和动脑筋弄出来的，不在于钱多。”

“住在这里，就算待一年不出去也饿不死的。你当初怎么未卜先知现在发生的情况？”

“我小时候挨过饿，有生存焦虑，这督促我居安思危、未雨绸缪，做到手中有粮、心里不慌。”

“你圈这么一大块地，小区里的人没有意见吗？”

“这就是我的远见了。当初这个小区售楼的时候，这个边户型很多人不喜欢，因为大家都觉得西边围墙临街，墙外人来车往的会比较吵。而我不这么想，我晚上实地考察了一下，这条街并不是主要街道，只是两个小区之间的便道。虽然有两趟公交，但是晚上十一点就停运了，路过的小汽车也都是附近居民的车，一般到晚上八九点就都回来了，其实没有大家想象的那么吵闹。如果盖上大棚，基本就隔音了。而边户除了一楼南面开发商赠送的一百平方米院子外，还多送了将近一百平方米的空地，这就是我看中它的原因。为了确保我的计划顺利实施，我买房时跟开发商签订的购房合同里，明确写清楚了，我有权支配边户的空地。这样有了法律的保护就更加万无一失了。”雪洁得意地介绍自己当初是如何精心挑选这个边户型房子的。

“你可真懂得保护自己的利益。”娅娅的语气里半是赞赏半是打趣。

“我买房子的钱是自己辛苦赚来的血汗钱，当然要谨慎算计了。老话讲：‘吃不穷穿不穷，盘算不清一世穷。’法律是保护我们的最好工具，也是我们的行为不能碰触的底线。”

两个人边吃边聊，娅娅似乎有很多问题要问，而雪洁也总能给出答案，娅娅居然忘记了狼吞虎咽，吃饭速度不知不觉慢了下来。

吃过晚饭，雪洁把餐具送进厨房，娅娅不好意思像在家一样把碗一堆就去玩手机，也跟着干些擦桌子、摆椅子的零碎活儿。

等雪洁洗完碗、收拾完厨房，两人又一起到花房里绕着水渠散步消食。临近傍晚，花房里有点暗了，雪洁摁了一下墙上的开关，花丛中亮起了许多星星点点的地灯，像发光的小蘑菇，柔和又好看。听着潺潺的流水，借着花丛中的微光，雪洁给娅娅讲解身边每一种植物的特性，让娅娅开阔了眼界。她忍不住想，要是学校里的课都这么上，该多有趣呀。

也许是折腾一天累了，也许是多天的隔离带来的疲惫，也许是在这里待着很放松，总之，才不到九点，娅娅就哈欠连连，眼皮沉重。这可不像平时的娅娅，玩手机不玩到夜里十一二点是不会去睡觉的。

娅娅和雪洁各自回房间洗漱。娅娅躺在新房间的大床上，打量着四周，觉得这一天像做梦一样。雪洁敲门进来，还带来了一只毛茸茸的玩具大狗，问娅娅要不要留着做个伴儿。娅娅觉得太小儿科，因为自己早就习惯一个人睡觉了。但她还是无法拒绝这么柔软的玩具大狗，一把抓过来抱在怀里。雪洁帮娅娅关掉大灯，点亮了一盏柔和的起夜灯，嘱咐娅娅："如果晚上害怕了，或者有什么事情，尽管叫我。"雪洁带上房门，轻轻出去了。看着雪洁消失在黑暗中的身影，娅娅眼角热热的，她多么希望这个熟悉的身影是妈妈呀，自己盼了好多年，从四岁到十二岁，几乎每天夜里都盼着，盼得心好疼。后来失望了，就不盼了。

九、新家的第一份早餐

娅娅就这么迷迷糊糊地睡着了，睁开眼，白色的纱帘已经透进来阳光了。她看看手机，才八点半，平时这会儿还没醒呢，于是重新躺回去，想接着睡。可是，她睡不着了，她忽然想去花房里看看，那些奇妙的鱼和花在吸引着她。睡觉还是起来？略微挣扎了一下，娅娅爬起床，轻手轻脚地打开房门，穿过客厅，走向花房。里面传来柔和的音乐，没有歌词，只是非常好听的旋律，娅娅跟随着音乐来到了玫瑰月季花圃，看到在绿草坪上专心练习瑜伽的雪洁。雪洁的一招一式都非常标准，身体柔软而苗条，体态完全不像一个五十岁的人。这让娅娅心生羡慕，觉得女人的柔美真的很美好。再看看自己，一身黑衣，裹着一堆肥肉，像个黑铁砣，娅娅顿时像个泄气的皮球，瘫坐在旁边的藤椅上，无所事事地四处打量。

等到雪洁练完了瑜伽，走过来跟娅娅问早安，娅娅问："你是怎么想出这么一套院子玩法的？真的很 nice！"

“这是鱼菜共生，就是利用菜、鱼、蚯蚓和潮汐及虹吸式原理组成的生态系统。其实并不复杂，造价也不贵。只是很多人不知道，或者不愿意尝试而已。”雪洁一边落汗一边介绍。“走，咱们去拔点荠菜，早餐吃荠菜鲜肉馄饨怎么样？”雪洁让娅娅去墙角拿起一个竹篮子，两个人进了蔬菜大棚。

娅娅并不认识荠菜。雪洁指给她看，在菜地和田垄上，长着一棵棵绿色的植物，叶子边缘像雪花的图案，开着米粒大小的白花。只一小会儿，两个人就拔了一小篮。回到厨房，娅娅清洗荠菜，雪洁准备肉馅，又从冰箱里拿出一沓薄薄的馄饨皮。她把洗好的荠菜切碎跟肉馅混合，加入一点姜粒、一勺生抽、几滴香油，然后用勺子搅拌均匀。雪洁用左手托起一张馄饨皮，右手用勺子舀一小勺肉馅放在馄饨皮中间，然后两手合拢，大拇指一挤，一只馄饨就包好了。包好的馄饨下入滚水锅里煮熟，加一点紫菜，几粒葱花，非常的鲜美清香。这一餐，娅娅吃得心花怒放。她品味着食物的美妙滋味，仿佛把整个春天都装进了肚子里。一点一点地用心品尝食物，整个过程美妙而和缓，好像并不需要塞进胃里那么多东西，就感觉到饱了。

娅娅现在爱上了跟雪洁做美食，也喜欢去菜园摘菜。雪洁在厨房做鱼，说一声：“娅娅，给我摘点紫苏来。”“好嘞。”娅娅就会撒丫子跑去摘几片紫苏叶子来。雪洁在厨房做汤，说一句："娅娅，给我摘点罗勒吧。"不一会儿娅娅就举着罗勒进了厨房。

晚上的时候，雪洁多半会安静地读书。娅娅也从书房找来自己想看的书，安静地读。雪洁煮茶，娅娅闻到茶香，跑过去，看着雪洁摆弄她的茶具，有时候也忍不住尝一口，苦涩的味道让娅娅直吐舌头。

有时候两个人会一起聊一聊娅娅读的某本书，雪洁会顺着书讲作者的生平趣事、正史野史，旁征博引，娓娓道来。就比如说娅娅读了《骆驼祥子》，雪洁就能从不同的角度分析祥子的悲剧并不完全是时代造成的，更不是虎妞带给他的，他狭隘的视野和性格才是重要因素。而那个被人们唾弃的虎妞也并不可恶，她也是一个可怜的人。祥子和虎妞各自都有优点，也都有人性的弱点。性格决定命运，尤其是在大动荡的时代，性格的影响会被偶然事件放大，比如祥子的短视造成他两次不顾大环境的危险，为了一点车钱而冒险出去拉车，结果导致黄包车被抢走，这种损失对于他来说是致命的打击，也是他的性格造成的悲剧命运。

对于很多事情，雪洁都有自己的想法，理性而客观。这启发着娅娅多看多想。当娅娅的好奇心被打开之后，她简直就是"十万个为什么"。而雪洁偏偏就是一本"百事通大词典"，两个人常常一问一答，忘了时间，也忘了外面疫情肆虐。

十、收留的新伙伴

娅娅喜欢上了早起，每天早上她起床后会去花房，有时自己溜达四处看看，有时静静地待在雪洁旁边看她练瑜伽。

雪洁练完瑜伽后会洗澡，然后才算正式开始一天的活动。她会把屋子收拾得干净有序，给地板和浴室消毒，然后忙着料理花园和准备午饭。雪洁下午会换上精致妥帖的中式服装，从花房剪几枝花叶，插入花瓶，布置一处小景，用相机拍静物画，有时候她也会在花房里支起画架，用油画笔涂抹几下，虽然没有专业绘画的基本技法，但是她敢随心涂抹，倒也别有一种美感。用雪洁的话说，自己喜欢就好。

娅娅就不像雪洁那样放得开，每遇到一件事，她脑子里首先想到的就是："我不行。弄砸了怎么办？"意识带动行为，娅娅遇到事情常常往后躲。雪洁总是鼓励娅娅试一试，用雪洁的口头禅来讲就是："不试一试你怎么知道不行呢？"

花房的角落有一个多格柜。每一个格子里都摆放着工具，从锥子、钳子，到电锯、焊接枪……十八般工具，样样齐全。有时候，雪洁会换上牛仔工装服，带着娅娅，在那里摆弄半天，就为了一件称手的用具。娅娅以前从来没使用过这些工具，会用了以后居然玩上了瘾，一捣鼓就是半天，拆了装、装了拆，折腾得满头大汗。娅娅对雪洁说："这可比玩手机带劲。"

"你可劲玩吧，别造出原子弹把这儿炸了就成。"雪洁调侃道。她不喜欢限制小孩子太多，只要不碰触底线，什么都好说。

才不过十几天，娅娅已经习惯了在雪洁家的生活，她感觉自己好像一直住在这里。这种生活简单而安静，反而让人充满生机，娅娅也不觉得枯燥和无聊，甚至连手机都很少玩了。这并不是雪洁强制她，而是她发现了生活中更多有趣的、有意思的事情，她的注意力被转移了。在这个世外桃源，娅娅几乎忘了外面的疫情，除了每天新闻里的消息让她紧张和担心外，娅娅觉得外界的一切都离自己很遥远。跟无所不能的雪洁在一起，娅娅很安心，这个家，就像一个安全的避风港。

雪洁喜欢把生活过得有仪式感，过得精致而美好。她告诉娅娅："生命的每一天都很宝贵，因此要用心活出最好的样子。"

娅娅问："谁告诉你的？"

“我的丈夫。小鱼儿的爸爸。”

“他在哪？”

“他在小鱼儿十一岁那年去世了。他离去后，我意识到生命的无常和宝贵。我想，这是他留给我的最珍贵的两份礼物之一。我现在过的每一天都是为我们两个人一起活的，当然要活出加倍的精彩。”

“还有一份礼物是什么？”娅娅好奇地问。

“是我们的宝贝女儿呀。”雪洁说，“我丈夫生前非常疼爱我们的女儿。他走了，我一个人更是疼爱她，替她把爸爸的那一份爱也补上。”

“并不是每一个父母都疼爱自己的孩子。”娅娅顺嘴说出心里话。

“我相信每一位父母都想疼爱自己的孩子，只是有时候力不从心，只好把爱隐藏在心里。”

娅娅心有所动，为了掩饰，假装去逗鱼。

看到娅娅不自然的表情，雪洁也就放下这个话题，不再追问什么。

雪洁的识趣和包容，让娅娅渐渐放松下来，内心不再那么紧绷和敏感。

娅娅脸上的表情越来越舒展，常常会不自觉地面露微笑，自己一个人在菜园里转悠时还会哼着歌。

疫情的突发，让很多武汉人尤其是老人措手不及，家里存货不多，几周下来早就吃空了，又不方便出门去买。这时候，雪洁家的菜园子工程和充足储备就派上用场了。每隔一两天，雪洁都会给小区里的熟人和老人送一些新鲜蔬菜过去。有些居民有短缺的日常药品，雪洁也会把自己储存的送去。

雪洁每次出门都要全副武装。她会戴上口罩、手套、护目镜，用防风衣把自己裹得严严实实出去。因为外面的疫情非常厉害了，人和人避免直接接触，所以雪洁会把送的东西放在各家门口，敲门或发微信通知。

娅娅会帮着雪洁把菜摘下来，分装在一个一个的食品袋里，又把一袋一袋的菜装进车的后备箱，看着雪洁开动车子离开。娅娅会朝着车尾挥挥手，盼着雪洁早点回来。她开始牵挂雪洁，依赖雪洁。这一次，听说雪洁要去一位在医院工作的朋友家送食物，去了大半天也没有回来，娅娅有点心神不宁。

都快傍晚了，雪洁还没回来。娅娅抱着一本书，也没心思看，竖起耳朵听门外的动静。突然，门口响起脚步声，娅娅飞快地跑去开门。门开了，一个白色的身影冲了过来，娅娅吓得“啊”地叫起来，迅速返身关上大门。

过了一会儿，门外有人喊：“娅娅开门，是我，雪洁。”娅娅定定神，从猫眼里看到戴着口罩的人确实是雪洁，于是再次打开门。果然是雪洁，她手里还牵着一只毛茸茸的大白狗。

“娅娅，刚才吓着了吧？这狗蹿得太快，我都没来得及抓牢它的绳子。”雪洁一边脱去防护用具，一边把大白狗牵去花房，把它关进了蔬菜大棚里。

“雪洁，这是怎么回事？哪里来的狗？”娅娅好奇地问。

“这是我那医生朋友的狗，名字叫大奔。她在医院忙得回不了家，委托我照顾一阵子。带大奔回来可费劲了，要过小区的关卡，费了好半天口舌。”雪洁一边洗手、换衣服，一边继续说：“现在有些人疯狂地把宠物猫和宠物狗活埋，怕动物也传染病毒。”

“啊！太残忍了吧。”娅娅觉得那些人很过分。

“可不是嘛，有些居民还趁小区里的医生上班去了，活活摔死人家的宠物。我这位朋友也是怕她心爱的狗死于非命，所以赶紧给它找个寄养的地方。想来想去觉得我这里安全，有菜棚可以让狗藏身。”两个人正说着，只听到蔬菜大棚里一阵鸡鸣狗叫。“哎呀，糟了，肯定是大奔在追大花和小花。”雪洁说着，冲进蔬菜大棚，里面果然在上演一出鸡飞狗跳的大戏。

雪洁和娅娅费了好大力气才抓住了兴奋追鸡的大奔，把它强行拉离“是非之地”。雪洁把大奔拉到花房的水管边，和娅娅合力用喷雾枪给大奔洗了澡，擦干了毛发，这才把大奔放进屋里来。进屋后，没有了其他小动物的刺激，大奔安分多了。

对于大奔的到来，娅娅先惊后喜，开心得不得了。她围着大奔，逗着大奔玩耍，很快，一人一狗成了形影不离的好朋友。

雪洁给大奔在花房一角安了一个窝。

现在，娅娅每天睁眼第一件事就是去花房找大奔。大奔也摇着尾巴跟娅娅打招呼。有了大奔，娅娅活跃了很多，带着大奔在花房里、屋子里奔跑、投球，玩得喜笑颜开，脸蛋儿红扑扑的。

“娅娅，我觉得你瘦了。”有一天午饭时，坐在娅娅对面的雪洁一本正经地说。

“真的吗？”娅娅听了，忙放下碗，一溜小跑到雪洁的卫生间，那里有一台体重体脂测量仪。“真的耶，我轻了五斤。”娅娅开心地跑出来告诉雪洁，“真奇怪，我最近并没有刻意减肥呀，反而瘦了。以前我也下过很多次决心要节食减肥，结果永远都是没有最肥，只有更肥。我身体里的细胞好像都训练有素了，只要我的脑子里闪过减肥的念头，它们就会疯狂催促我多吃，所以我反而饿得更快、吃得更多。”

“你以前那些盲目节食的减肥方法肯定不管用，因为你都没有搞清楚你的身体状况、肥胖原因。”雪洁的理论总是一套一套的。“你知道吗，人的饥饿分为眼睛饿、肚子饿和心里饿。眼睛饿和心里饿都不是真的饥饿，因此吃下去的大部分食物都是多余的，结果堆积成了脂肪。”

“好像是这么回事。每次我的眼睛看到食物，第一反应就是想吃掉它。其实那时候肚子是不是真的饿，我完全没在意过。还有心情不好的时候，我特别喜欢吃东西，抓起什么都往嘴里塞，不停地吃，一直把肚子撑得动不了，好像这样子能让心情好一点。”

“用食物替代和逃避不愉快的情绪，这是孩子在婴儿期就学会的办法，但是这并不能解决问题，反而会因为肥胖导致心情沮丧，陷入恶性循环。”

“我为什么要减肥？这样也挺好呀。”娅娅被雪洁戳中痛处，心里不高兴了，开始逆反。

“一个人的身材是他自律和自信的表现，也是身心健康的外在展示。”

“可我来这么久，你并没有要我减肥呀？！”娅娅有点招架不住，开始耍赖。

“你减不减肥不是我的需要，是你自己内心的需要。”雪洁把声音提高了一些，“换句话说，你要学会对你自己负责。纵容自己肥胖就是一种婴儿式的任性。”

“你真讨厌。总是一副什么都对的高高在上的嘴脸。”娅娅有种被人摁住动弹不得的感觉，她一边还嘴，一边拉着大奔迅速逃走了，其实内心已经溃不成军。

雪洁看着落荒而逃的娅娅，哈哈大笑起来，听起来有些挑衅的意味。很明显，雪洁不想放过跟娅娅对质的机会。如果此刻让娅娅轻易溜走，娅娅就错过一次面对自己成长的机会。虽然这个过程有点残忍，因为碰触伤疤会疼。

果然，娅娅被雪洁的笑声刺激了，她停在花房门口，转过身冲着雪洁大喊：“你知道我经历过什么吗？你无权指责我。我在承受你们大人不负责任的后果。你知道吗？你知道吗？！”

“我不知道你经历过什么，我也没有指责你，我只是希望你能找到更好的办法解决你的问题。”

“你什么都不懂，你怎么知道有更好的办法？”

“我懂。而且我知道有更好的办法，因为我试过。”

雪洁一个字一个字说完，转身进屋，过一会儿手里拿着一本相册出来了。

“这是小鱼儿十二岁时的照片。”雪洁走到娅娅身边，指着一张照片说。照片里是一个跟娅娅一样肥胖、眼神无光的女孩。如果雪洁不说，娅娅根本无法把照片里的女孩跟墙上油画像里那个神采奕奕的女孩联系到一起。

“这怎么可能是同一个人？”好奇心瞬间熄灭了娅娅的火气。

“小鱼儿十二岁时的体重已经到了六十一公斤。”小鱼儿自从失去爸爸，遭遇一连串打击，她自暴自弃，变得懒散消沉，人生没有动力也没有希望。”

听了雪洁的话，娅娅的内心被强烈地震动了。

“六十一公斤，对于一个从小练习芭蕾舞的女孩来说，简直就是灾难。”雪洁接着说道。

“后来发生了什么？”娅娅安静下来，好奇地想知道小鱼儿后来的故事。

雪洁盘腿坐在她的小茶室里，很平静地冲洗茶具，烧水煮茶，给娅娅也泡了一杯玫瑰花茶。

这个过程雪洁做得很流畅，只能通过微微抖动的手，窥探到她内心的一丝波澜。娅娅对雪洁的坚强又多了一分了解，原来没有人天生就是命运的宠儿，那些幸运与平静的背后，是多少天、多少年的挣扎、努力和锤炼。

娅娅耐住性子看雪洁把煮茶的程序走完，看着她端起茶盅喝下一口茶，开始讲她和女儿那一段不堪回首的往事。

“小鱼儿的爸爸在她十一岁那年遭遇车祸，突然去世。小鱼儿跟爸爸关系非常好，爸爸的离开对她的打击很大……对我的打击也很大。”雪洁轻轻嘬了一口茶，继续说：“在那之前，我的人生很简单，就是舞蹈。虽然也结婚生了孩子，但是很多生活的事情都是小鱼儿的爸爸一手打理，我和小鱼儿都很依赖他。有很长一段时间，我都走不出悲痛的情绪，我想不明白，老天爷为什么要带走他，带走我们娘俩唯一的依靠。”

“那之后的很长一段时间里，我沉浸在自己的哀怨和委屈里，可能也陷入了抑郁，我没有力气去照顾小鱼儿。小鱼儿也陷在悲伤的情绪里，只能靠着填充食物自我排解。”

“对于一个从小练习芭蕾舞的女孩来说，六十多公斤的体重简直就是灾难。小鱼儿完全自暴自弃了。她觉得她没有希望了。”雪洁接着说道，“而我也被生活落下的锤子狠狠地砸醒了。我那时已经三十多岁了，作为舞蹈演员已经属于末日黄花，可以上台演出的机会越来越少，即使上台也只能演一些配角，没有机会演主角了。我的职业一路下坡，眼睁睁地看着自己滑入谷底，而且是不可逆转的。”

“啊，这么惨？！”娅娅小声地感叹。

“生活是残酷的。这句话我三十八岁才真正懂得。小鱼儿的爸爸离开后，我们家没有了经济支柱。因为表演机会少，我的收入不断减少，我和小鱼儿的生存都成了问题。那个时候的我体验到了‘风刀霜剑严相逼’的冷酷。”雪洁有点像自顾自地在说话。

娅娅抬头环顾四周，像是要从这个环境里去寻找雪洁所说的话的真实性。她细微的内心活动被雪洁迅速捕捉到了：“娅娅，你是不是觉得‘没有说的那么惨吧？’这个环境不像呀。”娅娅点点头。

“那个时候，我没有钱给小鱼儿报课外班了，包括继续让她学芭蕾舞。我们还把住的房子卖了，换了一套老、破、小的房子，就为了能倒腾出一些钱来贴补生活。”

“当我和小鱼儿搬进那套破旧昏暗的房子里，我心里非常绝望，觉得未来的生活一片暗淡。我对小鱼儿也充满了愧疚，因为我作为妈妈，没有办法给女儿更好一点的生活。可是，作为一个被岁月无情淘汰的舞蹈演员，我没有别的技能，我不知道该怎么办。这种绝望的心情你懂吗，娅娅？”

娅娅用力点点头，眼睛里有水汽弥漫。小小的娅娅这些年何尝不是生活在绝望里，无力地挣扎、放弃，放弃又挣扎，却找不到任何出路。

虽然经历的事情不同，但是那种感觉是相通的。第一次，娅娅对雪洁有了某种心疼和怜惜的感情，觉得雪洁像自己患难的亲人。

“后来你是怎么买得起这个大房子的？”娅娅好奇地问。

“因为我不想被生活碾压得还没有还手就坐以待毙。我自己躺倒在地也就算了，还要连累我的小鱼儿，这绝对不行。也许是对女儿的爱给了我力气，也许是我自己性格里残存的不服输的傲气给了我挣扎的勇气，总之，我心里想，不能还没有反抗就认怂，哪怕遍体鳞伤，起码我试过了，不会空留悔恨和遗憾。”

“有一天，我喝了酒，醉醺醺地冲着天空大喊：‘来吧，放手斗一把吧，什么破命运，我韩雪洁不怕你。’我像个泼妇一样喊着，那一刻，我放下了心里所有的委屈和矫情，决定为自己和女儿去做一名战士，去跟严酷的生活斗一回。”

娅娅听得入了迷，但是听到雪洁撒酒疯骂街的事儿，自己脑补了一下画面，还是忍不住笑了，那个画面跟眼前的雪洁太违和了。

“因为没有什么演出机会，我大部分时间都是空闲的。我想到了去找一份兼职的工作。但很多兼职工作都需要某项专业的技能，也有相关学历的要求，我能做的很少，最后我选择了做一名房产中介销售。”

“噢，听起来挺不错呀。带客户看房，卖出去了就有钱赚。”娅娅说。

“傻孩子，哪有那么简单。这份工作可以说要磨破了嘴、跑断了脚，还要受得了气，有时候甚至还有不尊重的白眼。”

“就那么辛苦地忙碌了半年，一套房子也没有卖出去，不但没有什么收入，还要挨客户的数落，被店长批评。有时候碰到刁钻无理的客户，真是要把自己的那点眼泪和委屈往肚里吞。这对曾经过惯了优越的生活、自尊心很强的我来说，真是要脱掉几层皮才能扛下来。”

“我每天不停地走路，带客户看房子，脚被磨出了厚厚的茧子。我的心也被磨出了厚厚的茧子。这个时候，我对困难有了新的认识。我发现自己还有那么多的潜力，还有那么多不知道的能力。我开始有点欣赏艰辛生活里的自己了。人的思想一转变，不再自怜自艾，开始笑对生活的时候，生活也对我露出了笑脸。我卖出了第一套房，收获了第一笔佣金。拿着那笔钱，我无比自豪，也对生活有了底气。从此后，我的业绩一路飙升，我成了业绩突出的金牌销售，后来又做了店长，赚的钱也越来越多，三年后靠自己的血汗钱买下了这套房，应该说买回了曾经的美好生活。”

“雪洁，你简直太棒了！咸鱼大翻身。”娅娅从心底里为雪洁欢呼。

“是啊，我没有被艰难压垮，靠着自己站了起来，把生活过成了自己想要的样子。最重要的是，我对生活有了底气，我相信我可以把握自己的命运，这份自信非常宝贵。”

这句话深深地触动了娅娅。她似乎也从中汲取了一些力量。娅娅喝了一口花茶来掩饰内心的澎湃，没有打断雪洁的讲述。

“我非常欣慰的是，我努力活着的斗志带动了小鱼儿。她躺在人生的谷底，看到妈妈的坚强，也慢慢试着爬起来。她试着跟命运和解，接受失去爸爸的事实，也开始面对自己的未来。那时候，拦在她的芭蕾舞梦想前最实际的困难就是肆意放纵吃出来的五十斤脂肪。”听到这里，娅娅忍不住捂着嘴偷笑起来，因为这也是她的实际问题呀。

“你知道吗？我很小的时候也有过一个舞蹈梦的。”娅娅小声说。这是她第一次跟人提起。

“真的吗？娅娅，原来你也有舞蹈梦。怪不得咱俩这么投缘呢。”雪洁也很惊讶，但是更多的是惊喜。她很自然地搂了娅娅一下。

“大概是四五岁的时候吧，我有一次在一个电梯门上看到一幅图片，是一个小女孩儿穿着粉红色的芭蕾舞纱裙的背影，她脚上穿着白色的袜子、粉色的芭蕾舞鞋子，头发梳成一个高高的发髻，光看背影就非常好看。我当时就被吸引住了，觉得女孩子跳芭蕾舞好美，我想象着那个女孩的正脸是我自己。”娅娅沉浸在回忆里。雪洁看着娅娅说着那幅图画时闪闪发亮的眼神，那是一个人心里的梦想在发光，是心灵的泉水在流淌……可惜……雪洁心头有一丝隐隐的心疼。

“后来，爸爸妈妈总是吵架，家里天天鸡飞狗跳的，没有人在乎我，我每天活得战战兢兢、提心吊胆的，怕他们吵，更怕他们离婚。结果，他们还是离婚了，我心里的一只靴子落了地。他们分开了，不吵了，我也成了多余的人。加上自己这么胖，跳舞的事儿就再也没有提起过，想起来也是一个笑话吧。”娅娅自我解嘲。

“你后来跟着谁一起生活？”雪洁问。

“爸爸很快结婚，有了新家。妈妈那边也不想要我，因为带着一个小拖油瓶不能找到好下家。我就跟着爷爷奶奶一起生活。几年前奶奶病死了，我就跟爷爷一起过日子。凑——合！”娅娅把“凑合”两个字的音拖得长长的，抒发心里的不如意。

说着这些过去，娅娅的整个身体就像是一团委屈的乌云，沉闷、沉重。雪洁伸出胳膊把她环抱在膝头，娅娅就那样趴在雪洁的膝头无声地流泪，眼泪就像一条干涸的小沟渠突然接通了大河，水流汩汩地涌出来，止也止不住。娅娅就这样无声地流着泪，也不知过了多久，她突然警醒过来，慌忙从雪洁身上爬起来，用衣袖抹干眼泪和鼻涕，狼狈地跑去卫生间，洗漱完，又逃也似的溜进自己的房间，连晚安都没有跟雪洁说。

雪洁默默地看着娅娅逃离，自己一个人安静地喝茶，从头到尾一句话也没有说。她知道，这时候任何的语言都是对娅娅的惊扰。这个可怜的孩子，内心终于打开了一条小缝隙，不过，她还不知道，有着更大的考验在等待着她。

第二天，娅娅起床时已经是九点多了。她有些不好意思地跟在花房忙碌的雪洁打招呼。雪洁在埋头给花儿剪枝，见到娅娅，若无其事地招呼她：“早，娅娅，早餐在桌上，你赶紧洗漱，一起吃吧。”说着，雪洁也收拾好花剪，洗手回到餐厅。

餐桌上摆着几张薄薄的烤面饼，还有切好的黄瓜丝、胡萝卜丝、生菜叶、煎蛋和火腿，以及黑胡椒、黄油和乳酪做调味品。雪洁的面前是一杯无糖的黑咖啡，娅娅的面前是一杯牛奶。

家常自制卷饼是娅娅来雪洁家以后最爱吃的早餐。自家菜地里新鲜采摘的黄瓜、胡萝卜切成丝，生菜叶子洗好，还有煎蛋、煎火腿，她每次都把菜铺得高高的，抹上黄油，卷成一个大卷饼，娅娅能吃三个卷饼加一大杯牛奶。

雪洁把薄面饼摊开在盘子里，往上面码上一层黄瓜丝，一层胡萝卜丝，两片生菜叶，铺上煎蛋，盖上一片火腿，然后卷成卷饼，就着咖啡，慢慢地吃。

今天的早餐娅娅很安静，用心地铺着菜，卷成卷饼，咬上一小口在嘴里慢慢嚼着，咽下去之后，还深吸一口气，细细回味食物的味道，不再是急吼吼地狼吞虎咽。

雪洁连眼皮也没有抬，专注着自己的食物，但是她一直在用心里的眼睛观察着娅娅，看到娅娅这细微的变化，她露出了一丝微笑，为了掩饰，她端起咖啡，抿了一口。

“这种黑咖啡，不加糖，苦苦的，好喝吗？”娅娅打破了早餐的宁静。

“苦也是一种滋味，喝习惯了也是一种享受。”雪洁淡淡地说。

娅娅看着咖啡杯。雪洁明白了，倒了一小玻璃杯咖啡，递给娅娅。娅娅回了一个微笑，拿起玻璃杯抿了一口，一张脸立马变了形，瘪着嘴，皱着眉，含着一口苦咖啡，吞不下也吐不出，十分尴尬。雪洁被逗乐了，发出爽朗的笑声。娅娅给了她一个白眼，捂着嘴跑到卫生间，把那口苦咖啡吐了。

娅娅回来坐下，一边慢悠悠卷她的第二张卷饼，一边问雪洁：“今天咱们干点啥？”

“今天咱们要摘菜做三十份盒饭，下午我送到医院去。现在的医院里病人太多，医生和护士都忙得连轴转，每天非常辛苦。春节加上疫情，很多饭店和食堂都无法营业，医护人员的吃饭问题都不好解决，一些医护人员每天就靠方便面和饼干顶着，这些东西没有营养，长期下去人的免疫力下降，会病倒的。”雪洁依然慢悠悠地喝着咖啡，平静地说着这些，好像跟她没有关系似的。但是娅娅知道，一会儿雪洁就会秒变成一个麻利的配菜员和厨师。她最佩服的就是雪洁这种“静如处子，动如脱兔”的行动力。

娅娅把最后一口卷饼塞进嘴里，咕噜咕噜喝完杯子里的牛奶，抹抹嘴：“走，干活去。”

“你今天只吃了两张卷饼哟，吃饱了吗？”雪洁也喝完最后一口咖啡。

两人起身去厨房，一人拿了一个大筐、一把小铲刀，一前一后去了大棚菜园，大奔摇晃着毛茸茸的白色大尾巴，紧紧跟在娅娅身后。

根据雪洁设计的食谱，她们需要准备出“黄瓜木耳炒鸡蛋”“素烧白萝卜”“香菇小油菜”三个菜还有两大蒸锅的米饭。两人摘了两大筐蔬菜，抬到水龙头旁冲洗干净。

洗好的菜被抬进了厨房，雪洁负责把堆成小山的黄瓜和白萝卜切成片，娅娅负责用温水泡发香菇和木耳，并清洗干净。香菇木耳洗好泡发的过程中，娅娅找一个面盆打鸡蛋。娅娅从来没有一次搅拌过五十个鸡蛋的蛋液，这让她觉得很好玩，加盐、搅拌，加胡椒、搅拌，娅娅嘴里不由自主地哼起了歌儿。

雪洁切好菜，又想起饭盒来，去储藏室里翻腾出一大箱子的快餐盒，这让娅娅彻底惊呆："Oh, my god!"娅娅笑着惊叫："还有什么是你没有的？我确定你是末日终结爱好者！""不，我只是有备无患者。太多的历史经验告诉我们，人总是生于忧患，死于安乐。"雪洁用刀背拍碎大蒜，去皮，然后剁成蒜末。

雪洁开始炒鸡蛋了，蛋液太多，锅不够大，只能分几次炒鸡蛋。

娅娅这边也把泡发的木耳控干水分，撕成小片备用。

热锅下油，煸炒蒜末，木耳黄瓜下锅翻炒，放盐，加入炒鸡蛋，翻炒，加酱油、葱花，翻炒，准备出锅。

娅娅早在操作台上一字排开了十个饭盒，里面盛上了米饭，雪洁把黄瓜木耳炒鸡蛋分装进饭盒里。

再接着炒第二锅。

三个菜，连着炒了十几锅。总算把三十份盒饭都装好了。

娅娅把盒饭分装在保温箱里。雪洁已经开始穿她的防护服，戴护目镜和口罩了。她要趁热把饭菜送到医院里去。

娅娅帮着她把保温箱抬进汽车后备箱里。雪洁问娅娅："我酷吗？"

"酷，像要去登月的宇航员。"娅娅开玩笑。

雪洁发动汽车，嘴里喊着："宇宙飞船雪洁号准备发射升空！”

娅娅隔着车窗玻璃喊：“早点回来，在医院别待太久，打喷嚏也别摘口罩。”

雪洁点头，做了一个出发的手势，发动汽车走了。

看着雪洁的汽车远去，娅娅站在地库里，那种孤单的感觉又像空气一样包围着她，她快速跑回屋关上门，可是那种感觉依然能渗透进来。娅娅打开电视，想用声浪驱走这种不好的感觉。

电视里的各个频道都在播报有关新冠肺炎疫情的情况。好多天不看电视，也忘了刷手机，没想到疫情已经蔓延整个武汉。大大小小的街道上空无一人，这哪里是平时热闹的武汉？感染的人数每天都在大幅增加。医院的物资和医护人员严重不足，一种不安从电视里传递到娅娅身上。在雪洁的家里待的这些天，娅娅像在一个世外桃源，完全忘了外面的世界，电视把她跟世界重新连接起来，焦虑和恐惧也联通起来。

娅娅抱着大奔，焦虑不安地等待雪洁回来。她的脑子里开始抑制不住地胡思乱想，如果雪洁感染了怎么办？如果雪洁像上次一样突然被留在医院里隔离了怎么办？娅娅甩甩头，努力想甩掉这些讨厌的想法。

为了打发时间，娅娅去烧水，给雪洁冲了一杯黑咖啡，自己却忍不住喝起来。原来人在担心的时候，连咖啡的苦也不觉得难以接受了。

娅娅喝完了一杯苦苦的黑咖啡，雪洁还没有回来。

时间嘀嗒嘀嗒，一分一秒地过去，五点了，雪洁去了整整三个小时了。

时间嘀嗒嘀嗒，一分一秒地过去，九点了，雪洁去了整整七个小时了。

突然，门铃响了。娅娅从沙发里一弹而起，跑过去开门。

门口站着雪洁。

“嗨，宇航员顺利返回地球。” 雪洁摘下口罩和护目镜，口气轻松地开玩笑。

娅娅的眼泪突然不争气地喷涌而出。

雪洁脱下防护服，进卫生间洗手洗脸，涂抹消毒酒精。消毒完毕的雪洁走出卫生间，看到娅娅红红的眼睛。

“对不起，娅娅，让你担心了。”雪洁轻轻拥抱娅娅。娅娅突然情绪失控，号啕大哭起来，一只手用力地捶打雪洁，“你讨厌，你讨厌，一走走那么久。”

“什么声音？”娅娅突然抬起泪眼，惊讶地问。

“我饿了。肚子在抗议呢。”雪洁一脸坏笑，“还口渴，一下午没吃没喝呢。”

娅娅破涕为笑，“这会就知道我有多聪明了。”她走进厨房，从烤箱里拿出两盘食物。

“哈哈哈，你私藏的黄瓜炒鸡蛋。”雪洁乐起来。

“你没听过卖油郎的聪明媳妇的故事嘛。”娅娅也笑起来。

两个人各自抱着一盘黄瓜木耳鸡蛋炒饭吃起来。

从饥饿中缓过来，雪洁开始讲述在医院里的见闻。

“那些医护人员真是了不起，他们就是在跟病毒抢病人，跟时间抢人命，每天十几个小时的紧张工作，没有时间喝水、吃饭、上厕所。我真敬佩他们。这种时候我们不能袖手旁观，让他们孤军作战。”雪洁的语气少有地有微微的激动。

“嗯。我们明天还给他们做盒饭。”娅娅处在兴奋之中，完全忘记了今天下午在家里的焦急不安。

“娅娅，我们明天要炖些鸡汤送过去。有医生感染了，需要补充营养。”雪洁眼睛盯着桌面，显然陷入了思考中。

“炖鸡汤？你是要杀咱们的大花还是小花？”娅娅本能地抗拒，声音和神情秒变成一只炸了毛的战斗鸡：“韩雪洁，你休想。大花和小花，你都不许动。”

下完通牒，娅娅推开椅子站起身，气冲冲地走去菜棚看护母鸡大花和小花，大奔也屁颠屁颠地跟在娅娅的身后。

小孩子跟小动物有着天然的亲近，大奔才来几天，就已经是娅娅的忠实跟班了。而娅娅也已经跟母鸡大花和小花成了好朋友。天色已晚，这对母鸡好朋友已经趴在温暖的鸡窝里睡觉了，偶尔发出轻轻的咯咯声。不知道鸡会不会做梦，会不会说梦话。娅娅蹲在鸡窝旁边，呆呆地看着大花和小花。她真舍不得它们死，对想要拿它们炖鸡汤的雪洁一时恨得牙痒痒。

望着大花和小花，娅娅联想到了自己，一时间，无助和委屈化作两行眼泪掉了下来，吧嗒吧嗒滴落在泥地上，润湿了地面。

憨憨的大奔好像感受到了娅娅的不开心，发出低沉的呜呜声，在娅娅身边转来转去。

“我死也不会让韩雪洁杀了大花和小花的。”娅娅狠狠地抹了把眼泪，牵着大奔往屋里走去，一副大义凛然的气势站在雪洁面前。雪洁正踩着梯子在橱柜里翻腾。看到娅娅满脸决绝的表情，她赶紧爬下梯子，还没站稳，就听到娅娅冷冰冰的声音：“你要是杀了大花和小花，我就走。”

“你去哪儿？”

“你别管。”

“我投降。”雪洁夸张地把双手举过头顶，“我错了，我不该打大花和小花的主意。”

看到雪洁一副识时务的乖巧样，娅娅想笑，但是又不好意思，而且费好大劲才调动起来的战斗力不能轻易就松懈了，娅娅绷住嘴角的笑意，依然沉着脸盘问：“你怎么这么快改变主意了？糊弄人的吧？”

“娅娅公主请容在下辩解，我一开始是脑子进水了，一心想着炖鸡汤给医生滋补身体，后来经过娅娅公主的严厉指责，我意识到自己犯了大错误。”雪洁一本正经地胡说八道着：“首先，我犯了教条主义错误，滋补身体有很多办法，不一定要用鸡汤，何况是用可爱的大花和小花的命交换。众生平等，我犯了轻视动物的人类傲慢罪。”

娅娅听到这里，实在绷不住了，“扑哧”一声笑了。

雪洁接着一本正经地胡说八道：“其次，我不顾娅娅公主的感受，要伤害她的好朋友大花和小花，这是非常严重的大人权威主义错误。”

“编，你接着编。”娅娅一屁股坐在椅子上，一副看着雪洁演好戏的促狭表情。

“最最重要的，我舍不得娅娅公主走。”雪洁说。

“拿人取笑很好玩吗？”娅娅又被激惹起来。

“这句是真心话。”

“没正形，不理你了。”娅娅扭头，心里却是甜滋滋的。

雪洁拉着娅娅到厨房，指着灶台上的桂圆干和红枣干，对娅娅说：“你看，我已经找到替代鸡汤的滋补品了。桂圆、枸杞、红枣炖鸡蛋。”

看到这些，娅娅才展露出笑容，“这还差不多。这次就饶了你，下不为例。”

“得嘞，娅娅公主。”雪洁双手抱拳作揖。

两个人算是和好如初。晚上雪洁泡了个舒服的热水澡，缓解白天的疲劳，等她从浴室出来，看到桌子上有一杯冲好的热牛奶。透过娅娅的房门缝隙，可以看到娅娅正在台灯下看书。雪洁微微一笑，端起牛奶回了房间。

第二天一早，雪洁睁开眼睛，窗外已经大亮，一看手机，已经八点半了。雪洁翻身下床。简单洗漱后推开房门，娅娅的房门关着，看来还没起床。

雪洁来到客厅，静悄悄的。她穿过客厅，打开通往花房的门，里面传来一阵嬉笑声，雪洁快步穿过花房，到了大棚门口，正好看见一出鸡飞狗跳的大戏上演。大奔撒欢地追赶着大花和小花，两只母鸡在菜园子里扑腾着翅膀狼狈逃命，娅娅坐在地上笑得发抖，身边的竹篮倒翻在地，紫的茄子、红的辣椒、绿的黄瓜，散落在地上。

“大奔，乖，不要欺负大花和小花了。”雪洁笑着喊。无奈大奔正玩在兴头上，根本不听。还是娅娅走过去一把揪住狗尾巴，大奔这才老实下来。两只母鸡扑腾累了，一边“咯咯咯”地抱怨着，一边跑回鸡窝边的食盆里啄食小米，补充一下体力。窝里有两枚新下的鸡蛋。娅娅走过去捡起鸡蛋放在篮子里。

“雪洁，我摘了些茄子、辣椒，挖了胡萝卜，还需要摘点什么？”娅娅问道。

“我看蘑菇长了不少，可以摘一些，做个蘑菇熘肉片。茄子、胡萝卜和青椒可以做一个新式地三鲜。再挖几颗圆白菜，做个炝炒手撕圆白菜。”

娅娅去圆白菜地里，连根拔起了几大颗圆白菜，装在雪洁带来的空篮子里。两人又一起把新长出来的大朵的蘑菇都采摘下来，提着篮子回屋里。

今天起晚了，早餐是一人一碗武汉有名的小吃——方便热干面。

打开包装，把面用开水煮一煮，麻酱和各种醋料拌匀，再撒些新鲜的葱花，滴几滴香油，味道很香。

吃过早饭，雪洁和娅娅就开始洗菜、切菜，准备盒饭。

一直持续到下午一点，三十份盒饭，外加一份定制餐——桂圆红枣枸杞炖鸡蛋，总算准备妥当。把所有的食物装进保温箱里后，雪洁快速扒拉几口饭菜算是吃过了午饭，然后开始穿戴出行的防护装备。雪洁穿戴停当，准备出门，娅娅帮着抬起保温箱下到地库停车场。雪洁坐在驾驶座上，又开始“播报”：“宇宙飞船雪洁号准备发射升空！”

娅娅递给雪洁一个保温杯，说：“注意安全。早点回来。还有，帮我问问爷爷病好了吗。”

雪洁点点头，发动汽车，车子离开娅娅的视线，雪洁感觉到护目镜上有白雾，赶紧深吸一口气，平复自己的心情。

娅娅目送雪洁的车子消失在地库的出口，自己走楼梯回到家里。懂事的大奔立刻跑过来，用头拱着娅娅，发出“嗯嗯”的撒娇声。娅娅用手摩挲着大奔的绒毛，准备打开电视听听外面世界的声音。

突然，大奔挣脱娅娅，跑到她的房间，不一会儿，它叼着娅娅的手机过来了。娅娅现在已经很少看手机了。她的手机正发出微微震动的声音。娅娅拿过手机，显示是爸爸的来电。

“喂，娅娅，我是爸爸，你好吗？”

“嗯，我挺好的。”

“那就好，住得习惯吗？”

“嗯，住得习惯。雪洁对我挺好的。”

“娅娅……爸爸，告诉你一个……爷爷，他……”

“爷爷他怎么样了？能出院了吗？我要回去了是吗？”娅娅的声音有点急促。

电话那头沉默了一会儿。“娅娅，爷爷去世了。他年纪大了，病毒很厉害……他没能扛过去……”爸爸在电话里断断续续地说着，很难受地在找寻合适的词语，不想刺激到娅娅。爸爸后面说了些什么，娅娅一句也没有听进去。手机从手里滑落，眼泪也滚落下来。

整个下午，无声的眼泪都不停地流淌着，娅娅抱着大奔，把它背上的毛浸湿了一大片。娅娅以为自己并不是很爱爷爷，但是听到他去世的消息，还是忍不住伤心，这也许就是天然的血缘关系吧。爷爷也说不上多么疼爱娅娅，但是至少给了她一个家，一直陪着她长大。如今，爷爷也走了，娅娅感觉自己真的成了孤儿。想起那些相依为命的日子，娅娅忍不住地难过。以后，连那样的日子都没有了，想想未来，娅娅哭得更伤心了。心里刚刚升腾起的一点小希望，又熄灭了。

娅娅就这样一直哭、一直哭，突然听到敲门声。娅娅止住哭，问："是雪洁吗？"

"娅娅，我回来了。"是雪洁的声音。

娅娅打开门。雪洁看到娅娅红肿的眼睛，关切地问："娅娅，你怎么了？眼睛又红又肿的，跟哭过了似的。"

雪洁一问，娅娅的眼泪又不争气地流出来了。雪洁感觉事态严重了，一边安慰娅娅，一边脱去防护装备，洗手洗脸，喷洒消毒酒精。

娅娅偷偷把眼泪憋回去，给雪洁和自己各下了一碗鸡蛋面。雪洁注意到娅娅又开始大口吃食物，一口气吃了一大碗面，两个荷包蛋，连汤水都喝了个干净。雪洁知道，吃东西是娅娅应对坏情绪的习惯招式，她心里想着：小丫头准是遇到不开心的事情了。但是娅娅不主动说，雪洁也不好勉强去问。"静观其变吧。"雪洁心里打定了主意后，也没再多说话，自己洗完澡，然后进屋休息。娅娅也早早关了房门熄了灯，似乎也睡了。

到了半夜，雪洁听到呜呜咽咽的声音，侧耳倾听，声音好像是从娅娅房间发出来的。雪洁披衣服起床，轻轻推开娅娅的房门，发现娅娅把头蒙在被子里哭。雪洁走近床边，轻轻拍拍被子，问：“娅娅，你怎么了？是做噩梦了吗？”

娅娅哭得更伤心了，整个身体在被子里抖动。

“娅娅，怎么了？发生了什么事情，这么难过？能告诉我吗？”雪洁挨着床边坐下来。

“爷爷走了……我没有家了……”娅娅说出这句话，已经泣不成声。

雪洁轻轻拍着娅娅，安慰她：“娅娅别害怕，你还有爸爸和妈妈。”

“可是他们都不要我了。”娅娅的伤心变成了委屈，“爷爷走了，我以后就是孤儿了。”“孤儿”这个词一出口，触动了娅娅所有的伤痛，伤心的情绪像决堤的洪水。娅娅抱着雪洁的腿，忍不住号啕大哭。雪洁斜躺在床边，轻轻地拍着娅娅，一句话也不说。她知道，这个可怜的孩子心里积攒了太多的难过，现在就让她尽情宣泄吧，任何的安慰都是苍白无力的。此刻，静静地陪着她，就是对她最好的安慰了。

娅娅就这样哭了很久很久，仿佛用尽“洪荒之力”，把心里的委屈都化作眼泪流出来了。娅娅哭累了，昏昏沉沉睡着了，双手紧紧地搂着雪洁的身体，睡梦中轻轻喊着：“妈妈，妈妈，不要走。”听到娅娅的声音，雪洁的眼泪瞬间从眼睛里喷涌出来。一股母爱的力量伴随着眼泪，雪洁的心酸疼酸疼的，她实在是心疼这个无辜的孩子。

雪洁意识到，在那个漆黑的夜晚，从看到这个在路边求助的小女孩的那刻起，她们的命运就有了某种联系。用心理学的理论解释，这叫投射。她把那个小女孩当成了十一岁时的小鱼儿，对娅娅动了隐约的母爱，她帮助她，希望看到她好。

娅娅说得没错，没有无缘无故的好。自己对娅娅的善良里有自己的补偿需求。在黑暗中的雪洁一边搂着娅娅，一边整理着自己的思绪，看清楚了跟娅娅的这段关系的来龙去脉。雪洁陷入了沉思，接下来该怎么办？自己因为一时动了恻隐之心，把娅娅接到家里来躲避疫情，当时并没有想得太长远。现在的情况是，疫情迟迟没有过去，甚至越来越严重，娅娅的爷爷又不幸去世了，这个可怜的孩子未来怎么安排？送她去她爸爸家或者妈妈家？她会受委屈吗？这是对她最好的安排吗？如果把她留在自己身边，那就意味着更多的责任，自己还有精力重新抚养这么小的一个孩子吗？还有很多现实的问题：首先，娅娅愿意吗？她的爸爸妈妈愿意吗？具体的程序该怎么操作？成人的世界里没有一件事是简单到只凭心意，告诉别人我只是出于好心就可以的。

雪洁想了很多、很久，因为被娅娅抱着，身子不能动，腰吃力得酸疼，腿也麻了。雪洁尝试着轻轻掰开娅娅的手臂，活动一下身体，可是刚刚掰开，娅娅就本能地把她抱得更紧了，把整个身体都贴了过来，一条腿还压在了雪洁身上。“哎哟，这丫头的大胖腿真够沉的。”雪洁心里轻轻嘲笑了一句，咬咬牙承受着娅娅的压力抱。实在太困了，雪洁也倚靠在床边睡着了。

娅娅睁眼醒来，吃惊地看见雪洁的脸，然后发现自己的双臂搂着雪洁，慌乱地松开手，一时不知如何是好。还好雪洁闭着眼睛睡着了，不然更尴尬了。娅娅赶紧翻身下床，逃也似的离开房间，跑到卫生间，看到镜子里的自己双眼浮肿、头发凌乱，“真丑！你就是个丑八怪。”娅娅冲着镜子里的自己露出一个似笑非笑的嘲弄表情。一瞬间，她打定了主意——该离开了。这里的美好生活只是一个梦幻泡影，不属于倒霉的自己，之前是自己想多了。自己这样一无是处的垃圾，就只配回到那个阴暗破旧的小房子里发霉、腐烂，自生自灭。

娅娅洗漱完，抬起头看向镜子。镜子里的她，冷漠的眼神中带着一丝自暴自弃的决绝。就这么定了！！！

雪洁其实早就醒了，看到娅娅睁开眼的慌乱，她赶紧闭上眼睛装睡。直觉告诉她，那样会避免娅娅的尴尬。直到娅娅在卫生间里洗漱，雪洁才快速起身，回到自己的房间洗漱，换好衣服，然后假装若无其事地走出来，大声问娅娅：“娅娅，咱们今天早餐吃点什么呀？”

“随便，你看着办吧。”娅娅在卫生间里故作轻松地回答。

雪洁准备了面包片、蔬菜沙拉、火腿片、烤香肠、草莓酱和奶酪，给娅娅准备了橙汁，自己照例是一杯黑咖啡。

两个人都没有说话。娅娅拿起一片面包片，用餐刀仔细地涂抹上厚厚的一层奶酪，铺上一层火腿片，抹上草莓酱，又铺上一层火腿片，再涂抹一层奶酪，用一片面包盖在上面，做成了一个三明治，大口吃起来。

吃完三明治，娅娅又连吃了三根烤肠。喝了半杯橙汁，算是中场休息，然后继续做三明治……

雪洁表面看起来跟平时一样不紧不慢地小口嘬着咖啡，其实眼睛的余光一直在注视着娅娅的一举一动。她看到娅娅又胃口大开地填塞食物，心里咯噔一下，知道这个孩子的内心又滑回去了。

娅娅连吃了两个三明治，四根烤肠，打了个饱嗝，这才心满意足地抬起头来，一边用叉子拨弄着沙拉，一边问雪洁：“今天准备些什么菜送去医院？”

“噢，今天咱们可以休息一天，昨天有两家饭店也加入了为医护人员送饭的志愿服务，我们跟她们轮着来送。”雪洁想起来，赶紧解释。

“嗯，那我今天帮你打理一下花房吧。”娅娅说。

“也行。如果你喜欢的话，我们可以修剪一下花枝，给花根上点肥，这样等春天到了时，花儿就能长叶开花，到时候你看着满园子的花，肯定会非常喜欢的。”雪洁说道。

“到时候再说吧，我干活去了。”娅娅冷冷地回应，起身去花房。

在花房的杂物角落，除了一些园艺工具，还有一个大土堆，里面沤着去年秋冬收集的落叶和厨余垃圾，雪洁又买了几大袋羊粪蛋蛋混在里面，经过一个冬天的发酵，这些肥料可以给植物们提供肥沃的养料。旁边还有几个塑料桶，分别存放着可以分解的厨余垃圾，通过密封的发酵后，会溶解成酵素水，这也是浇花的好营养水。

娅娅带上塑胶手套，拿起一把宽刃锄头，把土堆扒开，一点一点地反复锄碎肥料，尽量把肥料和土块混合均匀。又用短柄铲子铲了肥料土，挨个儿堆在每一棵植物的根部，尽量堆成一个小土堆，把根部围拢。这些都是雪洁教过的，娅娅都用心地记住了。

虽然春天来的时候自己看不到这些植物开花的样子，娅娅还是希望它们能长得繁盛美丽。

这个活儿又脏又累，娅娅却一点也不嫌弃，安安静静、仔仔细细地干了一上午，直到雪洁来叫她吃午饭。娅娅这才意识到自己一刻不停地忙碌了好几个小时，也真的饿了渴了。

她放下工具，去水龙头下洗干净手，又把劳动时穿的围裙脱下来挂在花房的衣钩上。

午餐雪洁准备了土豆炖牛腩，素烧白萝卜块，菠菜炒鸡蛋。娅娅盛了一大碗牛腩土豆，呼噜呼噜一口气吃光了，又盛了满满一碗米饭，泡上牛肉汤，又是一大碗下肚，就着炒菜，又连着吃了两碗米饭。看着娅娅不顾一切地猛吃，雪洁忍不住担心，叫了一声："娅娅！"娅娅抬头，雪洁又把后面的那句"别吃太多了"咽回去，临时换成："一上午的体力活儿累着了吧？"

"还行，不算太累。"娅娅淡淡地说，"下午我给大奔洗个澡吧。"

自从心里决定离开后，娅娅对雪洁的态度冷淡了许多，刻意保持着距离。与其分开的时候太难受，不如现在起就淡淡的好。这是娅娅的经验。妈妈离开的时候，那种撕心裂肺的痛，她想起来就胃部痉挛，永远也不想再经历第二次了。

雪洁呢，因为还没有想到最适合的解决娅娅的去留办法，她也不敢过多地给娅娅希望，害怕最后不能实现时，对娅娅的伤害更大。因为有了这些顾虑，雪洁也就更加小心翼翼地和娅娅相处。两个各怀心思的人，关系微妙地生分起来。

直到第二天上午，娅娅照例起床后去花房里逛逛，巡视一下花花草草，给水里的鱼儿投喂食物，看着鱼儿聚拢来争抢食物，吃完了一哄而散，这个简单的游戏都能让娅娅乐此不疲。

娅娅现在已经很少玩手机了，她更喜欢在花房里捣鼓花草，经常把手机放在房间里，离开一两个小时也不觉得怎么样。要是以前，这简直不可想象。那时候，手机离手十几分钟，娅娅都跟丢了魂似的，上厕所时都得带着手机玩。等到娅娅在园子里逛够了，回到房间，看见手机上有好几个未接电话，是妈妈打来的，微信里还有妈妈的好几条语音。娅娅逐一点开来听：“娅娅，你在干吗呢？怎么不接妈妈的电话？”

“娅娅，我听你爸爸说爷爷去世了，你得回你爸爸家一起生活。总住在别人家也不合适。”

“娅娅，你跟你爸爸联系，让他去接你回去住。”

娅娅按下语音回复妈妈：“我挺好的，刚才忘了把手机带在身上。我不想去爸爸家住，等疫情过了，我还回老房子住，我能照顾好自己，你就别操心了。”

妈妈那边很快回了一条语音：“娅娅，那可不行，你一个小孩子怎么能自己住，多危险。听妈妈话，回你爸爸家，你不愿意说，妈妈去跟他说，你是他女儿，法律上也把你判给他抚养，你住他家里是天经地义的。”

娅娅赶紧回了一条语音：“妈，你就别添乱了。他们家我可不想去住。”

过了很久，妈妈都没有回复信息。娅娅扔下手机去厨房看看，雪洁正在厨房里制作她的新美食——田园比萨。娅娅走过去，好奇地看着。她吃过比萨，但是在家制作比萨还是头一次。她很想自己动手试一试，但是又不知道如何下手。

“娅娅，能过来帮忙吗？”雪洁背对着娅娅，仿佛看出了她的心思，及时发出了邀请。

“行，需要我做什么？”娅娅有点矜持。

“你帮我把这些切好的食材摆在饼皮上。”雪洁继续切着洋葱。

娅娅很专注地把黄瓜、樱桃小萝卜、生菜叶、薄荷叶等各种蔬菜铺在饼皮上，又在中间均匀地摆上香肠片，最后撒上洋葱碎和起司碎。娅娅还用两颗蓝莓做眼睛，一条黄色的起司做成弯弯的嘴，两片粉红的萝卜片做成粉红的脸蛋。

“‘比萨小人’，真可爱！”雪洁夸赞着，把比萨放进烤箱里，调好温度和时间进行烘烤。

因为制作了“比萨小人”，娅娅的心情好起来，眼睛里闪着光，两个人坐在餐桌旁，等待着比萨出炉。“这是我第一次自己做比萨，但愿能好吃。”

“我一会给你做一杯奶茶。配着比萨吃，口感会更好。”

“自己在家也能做奶茶吗？”娅娅来了兴致，她平时可是喜欢喝奶茶饮料的，现在因为疫情被禁足在家，已经好长时间没有喝到奶茶了。

“做奶茶很简单，家里有牛奶，有茶叶，还有鲜花和薄荷，我们可以做出不同种口味的奶茶。”雪洁介绍着。娅娅已经坐不住了，跑到花房里去采集制作奶茶的鲜花。

不一会儿，娅娅手里捧着几朵茉莉花、月季花苞，还有几支薄荷，兴冲冲地回来了。“今天我们先来做这两种花式奶茶吧。”

雪洁这边也已经起身去准备好了红糖、木薯粉、牛奶和茶叶了。

雪洁先在一个干净的长柄锅里盛上清水，加入红糖煮沸，然后把煮好的红糖汁倒入木薯粉里搅拌后，捏成团团状。雪洁指导着娅娅把木薯面团搓成细条，切成小丁，搓圆，就成了珍珠奶茶里的珍珠球。然后把珍珠球放进锅里煮上十五分钟，捞出来放进凉水里浸泡。

在锅里加入白砂糖，煮成焦糖，加入牛奶搅拌。然后加入茶叶一起煮，边煮边搅拌，几分钟后，奶茶汁周边开始冒泡，奶茶就煮好了，这时候可以放进洗干净的花苞和泡好的珍珠球，然后把奶茶倒入高腰玻璃杯中，在杯口点缀两片碧绿的薄荷叶，一杯奶茶就做好了。

娅娅看着自己制作的奶茶，就像欣赏一件艺术品，心里惊喜不已。

她轻轻喝了一小口，含在嘴里细细品味：“嗯，比外面卖的还好喝，浓浓的奶香里还有茶叶的清香。”

比萨也出炉了，香气四溢，色彩丰富，色香味俱全，光看着都直咽口水，实在太诱人了。

雪洁拿起餐刀把比萨一横一竖切成四份。取出一份放在娅娅的盘子里，自己也取了一份，还用电动胡椒机撒了一点黑胡椒粒。

娅娅一口香浓的奶茶，一口比萨，吃得心花怒放，忍不住闭起眼睛，享受这美好的午餐。

“嘀嘀，嘀嘀……”娅娅的手机响了。她接通电话。“娅娅，娅娅，听得见吗？”手机里传来妈妈急促的声音，音量比平时大好几倍，明显带着愤怒的情绪。“我是妈妈，你听我说，你爸爸现在怎么成了个怂包？以前跟我横的那个劲儿哪去了？他怕老婆也不能不替女儿出头……”妈妈的声音连珠炮一样轰炸过来，娅娅不由自主地把手机从耳边拉远一些。妈妈还在自顾自地滔滔不绝：“娅娅，你听妈妈的，就过去住着，看那个女人能拿你怎么办？那是你爸爸的家，她凭什么不同意你去住……”

“妈，你别说了。我说过了，我回老房子自己住。我是不会去他们家的。”娅娅的情绪也被激起来了，她冲着手机大声喊。

“你这孩子，怎么不听劝呢，你自己住，出了事情怎么办？你怕给你爸爸添麻烦？你是他女儿，他就该管你，你就去捣捣乱，看那个女人敢把你怎么样？”

“你闭嘴。你们能不能有点大人样？你们打打打，想过我的感受吗？”娅娅对着手机怒吼完，把手机用力一扔，冲进房间，“怦”地关上门。

雪洁捡起手机，娅娅妈妈还在“喂喂喂喂”地喊着。“你好，是娅娅妈妈吧。我是韩雪洁，现在娅娅跟我住一起。”

“哦哦，韩大姐吧，您好，娅娅在您家给你添麻烦了。”娅娅妈妈说。

“娅娅回房间去了，孩子情绪有些激动。刚才你们的谈话我也大概听到了一些，关于娅娅的安置，我也想提提我的建议，咱们几个大人一起协商，免得孩子为难，您说行吗？”

“韩大姐，我的意思是，娅娅老待在您家添麻烦，也不合适。如今爷爷没了，孩子去爸爸家住，这是天经地义的事情。当初离婚的时候，娅娅就是判给她爸爸的。大姐，您说说我的话是不是有道理？”娅娅妈妈又把刚才的那套话搬出来重新说了一遍。她一直觉得自己的想法是正确的，娅娅爸爸不配合就是不对的。

“娅娅妈妈，您的想法当然有一定的道理，但是现在的实际情况是，孩子不愿意去，孩子爸爸和新家也没有做好接纳孩子的准备，如果不管不顾地把孩子硬塞过去，恐怕强扭的瓜不甜，反倒大家撕破脸伤了和气，孩子心里也委屈别扭。现在娅娅开始进入青春期了，性情也不稳定，如果再因此叛逆、走极端，可能就事与愿违了。”

“唉！那您说怎么办呢？我这边的情况您恐怕不知

道，一个是远，娅娅在武汉上学，马上就要升初中了，这会儿也转不过来。二来我这边也有两个孩子，本身就照顾不过来……娅娅的继父跟娅娅没有什么接触，感情上也不大能接受她……孩子还这么小，自己住我肯定是不放心的。我这也是着急上火的……”娅娅妈妈的语气里充满了无力和焦虑。

“娅娅妈妈，你看这样好不好，现在还是疫情期间，娅娅去爸爸家肯定不合适，不如继续住在我这里，等疫情结束了再说。”

“疫情一结束，娅娅说开学就开学了，如果还没决定住哪里的话，开学会很麻烦的。”娅娅妈妈说着说着又急了。

“娅娅妈妈，我有一个想法，一直犹豫着不知怎么跟你们说，本来也想先跟娅娅谈一谈，听听她的想法后再跟你们说的，现在话赶话说到这里，我就说一说，你们也当是多一个建议。”雪洁认真地斟词酌句：“自从在医院认识以来，我跟娅娅一起生活了一个多月，这个孩子跟我还挺投缘的，她住在我这儿也挺合意的，我呢，五十多岁了，女儿长期在国外，一个人住着也孤单，我是挺有心让娅娅在我这儿长期住，如果你们放心的话。当然，我的个人信用证明，我都可以提供给你们，也可以去公证处签协议，保证对娅娅没有任何的不良影响。”雪洁一口气说出了自己这两天深思熟虑的想法。

那边娅娅的妈妈倒是惊呆了，好半天才反应过来。“韩大姐，您是想合法收养娅娅？这恐怕不合适，娅娅毕竟是有父母的。”娅娅妈妈满心地不愿意。

“娅娅妈妈，您误会我的意思了。我没有收养娅娅的意思，我自己有女儿。我就想着我们解决这个问题，一切以怎样为孩子好为原则。这个事情主要看娅娅的意思，我们大人只是提供解决方案而已。我没有任何强人所难的意思。”

娅娅妈妈显然一时没有摸清雪洁的意图，她含含糊糊地答应想一想，也跟娅娅爸爸商量一下，来了个缓兵之计，接着挂断了电话。

挂掉电话后，雪洁也陷入了沉思，事情说出口，就等于启动了，下一步该怎么办，如何跟娅娅开口说？她会怎么理解这个事情？雪洁心里没有把握，她最担心的是稍有不当，伤害了孩子。

“娅娅，你的手机。”雪洁轻轻敲门，娅娅把门开了一个缝，接过手机，又把门关上。

雪洁回到自己房间，和衣躺在床上，整理着刚才发生的事情。突然，她的手机响起来，是短信提示。雪洁打开手机，逐一翻看未读信息。

“怎么会有这样的事？这些人也太过分了吧！”雪洁一边爬起来换衣服，一边对着手机语音回话：“你别急，这事儿好办，我马上开车过去。”

雪洁换好她的全副出门行头，戴好口罩，隔着娅娅的房门大声说："娅娅，我出去一趟，办点事。"

"哦，知道了。"娅娅在屋里应声。

雪洁出门后，娅娅在房间也待不住了，开门出来，善解人意的大奔及时现身，用毛茸茸的身子亲热地蹭着娅娅的腿，于是娅娅带着大奔一起去花房转转。

外面不知什么时候下起了雨，雨滴落在顶棚上，发出"哗啦哗啦"的声响。

干枯的芭蕉叶子落在地上，铺了厚厚一层地毯，娅娅盘腿坐在上面，搂着大奔，靠着落地玻璃听雨。她的心里也跟这哗哗的雨声一样杂乱。娅娅虽然讨厌妈妈的生硬安排，嘴上也赌气说要自己一个人去老房子住，其实心里也是虚的，别的不说，每天一个人面对黑夜，就不知道自己能扛几晚。

去爸爸那里住，娅娅也是一万个不愿意。怎么办？生活怎么这么难？娅娅看着雨水顺着玻璃不停地流下来，真是剪不断理还乱。

娅娅愁绪万千地胡思乱想了不知多久，听到有人"叮咚、叮咚"地摁门铃。

十一、猫妈妈生宝宝了

大奔首先朝着大门飞奔过去，嘴里发出“呜呜”的声音，看来是雪洁回来了。

娅娅也快跑过去开门。

雪洁站在门口，手里抱着个纸箱子。雪洁把箱子交给娅娅，箱子里面传来“喵喵”的叫声。娅娅惊讶地打开箱子，露出一只白黄花色的猫咪，身子圆滚滚的。

“嗨，肥猫，你好呀！”娅娅冲着猫咪打招呼，又扭头问雪洁：“你从哪里弄来的？”

“一些人因为害怕宠物会传染新冠病毒，开始针对医护人员家养的宠物下手。听说有医生在医院值班回到家，看到自家的猫咪被人从楼上扔下来摔死了。这只猫咪就是一位护士长辗转委托我寄养的。”雪洁一边说着，一边给自己和猫咪喷洒酒精消毒。

“太可恨了，这些人怎么会如此残忍地杀害猫咪和狗狗！”

“因为恐惧。当恐惧被放大后，人会失去理智，甚至人性。"雪洁过来抱起猫咪，说："我们得给蜜糖洗澡，还要给它准备一个舒服的窝，因为它快要生宝宝了。"

"哇！蜜糖快要做妈妈了？！"娅娅听着觉得很神秘："我还从来没见过刚生下来的小猫咪呢。"

也许面对的是陌生的环境和陌生的人，也许是怀孕期间的母性本能，蜜糖表现得很防御。雪洁和娅娅在卫生间里手忙脚乱地给蜜糖洗澡，然后用电吹风吹干它的毛发。

雪洁又去给蜜糖准备食物。家里没有预备猫粮，雪洁给蜜糖倒了一小碗牛奶，因为怀孕的猫咪需要补充营养，雪洁又给蜜糖准备了一根香肠。"香肠不行，太咸了，猫咪不能吃咸的和甜的食物。"娅娅在旁边提醒道。

"哦，真的吗？我没有养过猫，还真不知道这个，多亏你提醒我。"雪洁收起香肠，换成了白米饭、原味燕麦片拌蔬菜丁。经过半天的折腾，蜜糖看来是又饿又渴，把牛奶喝得一滴不剩，拌饭也吃了个精光。

吃的问题是解决了，下一步，在哪里给蜜糖安置一个舒服的家来安心生宝宝呢？

"花房，那里环境优美、花香鸟语，最适合猫咪母子生活了。"娅娅首先想到漂亮的花房，可是自己又很快否定了："不行，那里有大奔，它会不停地骚扰蜜糖的。"娅娅的脑子里已经开始上演猫狗大战的戏码了。想想小猫咪被无知狗友大奔追赶的惶恐，娅娅使劲甩甩头，把这种想法清理掉：“还是安排在菜园子里吧，跟大花和小花做邻居还能实现睦邻友好，小猫咪出生后也能晒晒太阳，在菜地里奔跑锻炼，追追蝴蝶。”

“这主意不错。猫咪崇尚自由，不爱受拘束，在菜园子里有利于它们活动。”雪洁表示赞同，两人分头去寻找搭窝需要的纸箱和旧毯子。

雪洁找来了一个装方便面的硬纸箱，娅娅在纸箱上用记号笔画出一个门、一扇小窗户，然后用裁纸刀把“门”和“窗”挖空，用彩色的笔写上“蜜糖妈妈和宝宝的新家”，雪洁找来了一床旧的棉布床单，叠成纸箱大小，垫在里面，还在“新家”里放了一条毛线毯子，这样蜜糖就不会冷了。

两人在菜园子里忙着搭窝呢，突然听到屋里蜜糖发出喵喵的惊叫声。“不好，大奔在淘气。”娅娅撒腿往屋里跑，只见蜜糖跳上了沙发背，全身紧张地弓着身子，嘴里发出带有敌意的“呼呼”声，一种随时进行战斗的一级戒备状态。

大奔站在沙发下面，冲着蜜糖发出“呜呜”的声音，满脸无辜的表情，好像在说：“本狗狗只是跟你友好地认识一下，干吗凶巴巴的？以后怎么一起玩耍嘛！”

娅娅过去拉住大奔，忍不住教训它：“奔，你不能这样粗鲁地冲上去交朋友，要给蜜糖一些时间慢慢熟悉你，知不知道。”

“呜——呜——呜——”大奔从嗓子里发出不高兴的“呜呜”声。

“说你，你还不服气了。就是你不对嘛，你那么大的个儿，可不会吓着猫咪？再说了，人家蜜糖肚子里有宝宝了，自然会更紧张。大奔，你是男子汉，以后要好好照顾蜜糖，听到没有？也不许欺负小宝宝。”

“呜——呜——呜——”大奔老实多了。

娅娅教训完狗狗，又去安抚猫咪蜜糖。娅娅用足了耐心，费尽了口舌，外加温柔的表情，才让蜜糖放松了戒备，让娅娅靠近它。娅娅抱住蜜糖，轻轻抚摸它的脖子，一直到蜜糖浑身松软地享受抚摸，娅娅才抱起蜜糖，带它去看新家。雪洁提前在蜜糖的新家门口摆上了牛奶和肉汤拌饭。有了美食的诱惑，蜜糖显然对这个柔软舒服的新家很满意，吃饱喝足后，趴在里面睡着了，圆滚滚的肚子随着呼吸一起一伏的。娅娅蹲着看蜜糖睡觉，舍不得离开，生怕自己转身一离开的工夫就错过了蜜糖的小宝宝们出生。直到雪洁过来找娅娅回屋睡觉，娅娅才恋恋不舍地离开猫窝。两个人走出大棚后，雪洁赶紧把推拉门关上，以防大奔偷偷溜进去惊扰到蜜糖。

“雪洁，蜜糖今晚会生猫宝宝吗？我们该怎么帮助它？”娅娅躺在床上还惦记着蜜糖，反复问雪洁。

“放心睡吧，蜜糖还没有出现生产的前兆，这几天都不会生宝宝的。”雪洁一副胸有成竹的样子。这让娅娅心里有了安心的锚。这一晚，娅娅在极度的兴奋和劳累中沉沉睡去，做了一夜的梦。第二天一早睁开眼，娅娅就从床上跳起来，一路跑到大棚，看到蜜糖正懒洋洋地在溜达，肚子似乎更大了。母鸡大花和小花也在菜园子里踱着步子，“咯咯咯、咯咯咯”地聊着鸡语，似乎在八卦着新来的大肚子邻居。

一连几天，新来的准妈妈蜜糖成了娅娅关注的重点，大奔明显感受到了自己被冷落，经常跑来在娅娅的身边蹭个痒、撒个娇，嘴里还发出“呜呜”的投诉。大奔对蜜糖的心态也很矛盾，一方面抑制不住热情友善的天性，对新邻居充满好奇，一方面又有点小嫉妒，逮着机会就想撩拨一下蜜糖。娅娅俨然进入了小妈妈的角色，一边要教训淘气的大奔，一边要护着敏感的蜜糖，还要给它们准备一天三顿饭食，真是忙得很。

这两天，蜜糖明显爱撒娇了，没事总喜欢围着娅娅转，喜欢在她腿上蹭来蹭去地求抱抱。这让娅娅很开心，觉得蜜糖跟自己熟悉了。“哎呀，这是什么？”娅娅发现自己的黑色绒裤子上有一点点白色的奶液。雪洁过来抱起蜜糖，用手指捏了捏蜜糖的乳头，发现有白色的奶汁渗出，说：“蜜糖可能这两天里就要生宝宝了。”

“真的？！我们要做什么？需要准备接生的用品吗？”娅娅听到雪洁这么说，知道这一刻终于快要来了，心里有一种说不出的紧张。

“不用担心，蜜糖每年都生一到两次宝宝，它是很有经验的妈妈了。我们需要注意的就是不要惊扰到蜜糖，让她产生不安。”

家里的牛奶存货不多了，也没法出去买，娅娅主动把自己的早餐牛奶节省下来给蜜糖补充体力。

蜜糖开始变得焦躁不安，它的肚子已经很大了，而且开始下垂。看着蜜糖坐立不安的样子，娅娅也变得焦躁起来，她很想安慰蜜糖，抱着它给它摸摸背，可是蜜糖开始躲着她。这天早上，蜜糖不吃不喝，这让娅娅很着急，她一个劲地劝蜜糖：“乖，蜜糖要做妈妈了，一定要多吃才能给肚子里的宝宝补充营养。”可是蜜糖怎么也不肯吃，还从猫窝里跑出来，跳到大棚里的干草堆上。

外面下起了大雨，雨点像豆子一样撒在大棚的塑料顶上，噼里啪啦的声音很响，蜜糖被这突如其来的声音吓着了，在大棚里窜来窜去，似乎想找到一个更安全的地方。“这可怎么办？”娅娅看着拼命逃窜的蜜糖，心疼得哭起来，她担心蜜糖这样子折腾，会伤到自己和肚子里的宝宝。

娅娅在花房一直守到深夜，雨下小了，蜜糖钻进植物丛藏了起来，不再四处奔逃，娅娅又累又困，回到房间倒头睡去。

等到娅娅睁开眼睛，已经是第二天上午了。阳光射进房间来，暖和而晃眼。娅娅穿上鞋往花房跑去。雪洁已经蹲在那里了，她看到娅娅，轻轻招手，又把食指放在嘴边做了一个“安静”手势，娅娅立马会意，蹑手蹑脚走过去。

“呀！小猫咪！”娅娅还是忍不住轻声惊叫起来。就在前一天晚上，蜜糖生下了四只猫宝宝。蜜糖已经把小猫的毛舔干净了。雪洁找来了一个藤条筐，里面铺着柔软的旧毯子，此刻，蜜糖和小猫正躺在柔软的新窝里。

“蜜糖一个人喂四只小宝宝，奶水够吃吗？咱们给小猫咪喂点牛奶吧！”娅娅在旁边轻轻提议。

“刚出生的小猫还不能很好地消化牛奶，吃了会拉稀。它们只能吃专门的宠物奶粉。”

“咱们家里也没有宠物奶粉呀，怎么办呢？”

“我用米汤试试。”雪洁示意娅娅守在猫篮旁边，防止大奔来捣乱。她自己去厨房准备米汤。

娅娅在猫篮旁边席地而坐，仔细地观察起小猫来，这些小不点儿刚刚睁开眼睛，不停地在猫妈妈身边拱来拱去，看起来好柔弱。四只小猫的花色都不相同，一只浑身全黑，一只白黄花，一只全黄，一只黄白黑。蜜糖的毛色是黄色的，看来猫咪的爸爸是只黑猫警长了。娅娅心里猜测着，顺便给小猫咪取好了名字：小黑、小黄、小花花和小斑点。

雪洁端来了温度合适的米汤。小猫咪对米汤尝试着舔了舔，过一会儿又舔一舔，看来不排斥。“等小猫咪再大一些，可以往米汤里加些奶粉，就不愁吃了。”雪洁告诉娅娅：“小猫咪出生后的前两个月，每天要吃五六次，到了三个月以后，每天也要吃四顿，咱俩今后有得忙了。”

“是啊，咱俩每天吃三顿饭，还有大奔每天也得吃四顿白水煮鸡肉或者蒸番薯，3+4+6，每天弄十三顿饭，日子真是就剩吃喝二字了。”娅娅调侃地说着，但是她心里是愿意的。

十二、猫妈妈生孩子疼吗？

忙活了一白天，安静的夜晚，雪洁坐在她的小茶几旁，泡一壶好茶慢慢喝着，这是她休息、解乏，也是放空情绪的独处时间。

偶尔，娅娅也会凑过来，一起喝杯花茶，多半是想来跟雪洁单独待会儿，聊点心里的话。

今晚，因为小猫咪的降生，娅娅的话题是生孩子。

“雪洁，生孩子疼吗？”

“你听过关公刮骨疗伤的故事吗？”雪洁没有直接回答，反问道。娅娅点点头。雪洁继续说道：“据医生说，疼痛一共分为十二级。关公刮骨疗伤不打麻药的疼痛级别在十级，而女人分娩生孩子的疼痛超过十二级，不在疼痛级别之内。”

“啊！”娅娅的嘴巴张得老大，她完全被惊到了。娅娅好半天才缓过来，说：“我以后不打算结婚的，当然也不生孩子啦。”

“单身也是一种生活方式，不生孩子也是女人的权利，这些都不必被周围人的声音影响。不过这件事还是等你长大了、成熟了再决定比较好。”

“班里的女生都有偷偷喜欢的男生，她们说，女生要懂得打扮漂亮吸引男生，她们还说，男人征服世界，女人征服男人。”娅娅显然不知道这样的想法对不对，她想听听雪洁关于做女人的看法。

“不管是男人还是女人，都要做自己的主人。做个坚强独立的人，才能把命运牢牢地抓在自己手中，这一点对女人尤其重要。”雪洁一口气说完，喝了口茶。

“为什么对女人尤其重要？”

“因为几千年的封建社会和男权文化，剪掉了女人独立飞翔的翅膀，很多陈旧思想的遗毒今天还在发挥作用，这对女孩的成长造成了不好的影响。比如，‘女人终归要嫁人的，那么努力学习干什么’‘女孩的脑子就是比不上男孩的’‘女人是软弱的，必须依附于男人’等，这些思想还在滋长。”

“可是古往今来，确实是男性的成就比女性多呀！”娅娅提出自己的困惑。

“女士，你只是看到了结果，想一想造成这样结果的原因是什么？是女孩不如男孩吗？不是的。恰恰是在重男轻女的思想影响下，一个家庭的教育机会都给了男孩。女孩连读书识字的机会都没有，谈什么成就？！所以那个时候给女性的出路只有一条，就是嫁人生孩子。在这样的环境下，女性能去实现自己梦想的机会几乎是零。”

娅娅陷入了沉思，这些话从没人对她讲过，学校的老师不会讲，家里的妈妈也没有机会讲，其实娅娅仅仅知道自己性别上是个女孩，但是对究竟如何做一个女孩，她是茫然懵懂的。

“那，女人如何做才能变得独立坚强呢？像男生一样，做个‘女汉子’吗？”娅娅试探着说出自己的想法。

雪洁轻轻笑起来，摸摸娅娅的头发：“傻丫头，做一个独立坚强的女性，并不是抹杀女性特征，变成一个‘假小子’‘女汉子’。恰恰相反，真正内心强大的女性，是坦然接受男女的生理差异的，也欣赏自己作为女性的生命姿态。你看，宋庆龄、叶嘉莹这样优秀的女性，她们穿旗袍、梳长发，是女性美的典范。”

娅娅认真地听着，心里也在思考着，所以新问题马上跟上来：“女人不要依赖男人，还要跟男人结婚吗？”

“哈哈哈……”这次雪洁被娅娅的天真击中了，一口茶喷出来，忍不住大笑起来。

娅娅有点不好意思，用手推了雪洁一把。雪洁忙收了笑，解释道：“娅娅，我不是嘲笑你，就是觉得你的问题很天真、很可爱。”雪洁继续说：“很多女人把嫁一个理想的男人当作人生的救命稻草，甚至有说法是，婚姻是女人的第二次投胎。我不明白怎么会有如此愚蠢的想法。难道女人的幸福完全掌握在一个男人手中吗？男人和女人当然可以结婚、在一起生活，但是不要夸大婚姻对女人的重要性，不要主观地认为男人就是女人的依靠。我以前靠小鱼儿的爸爸，结果老天还把他带走了。我像没有双腿的美人鱼一样，生生长出两条腿来，学会在生活的刀尖上走路，才活了过来，正是经过这样沉痛的自救，我才懂得了‘不依赖’这三个字的分量。”

“幸福只有靠自己给自己。别人谁也给不了。”雪洁一个字一个字地说：“世界变化太快，任何一个人、任何一段关系都不可能给你一生的依赖。不要幻想靠嫁给王子当王妃飞上枝头，女孩要学会做自己的女王，自己成就自己。”

“做自己的女王？！”娅娅显然被这个想法惊讶到了。

“女人要不断充实自己，多学习、多看书。不要看那些迷惑心智的书，要看能学到真本事的书、让你的思想深刻的书。花瓶易碎，红颜易老，只有读过的书不会消失，它会始终根植于你的思想、灵魂中，让你脱胎换骨，坚强睿智。你看看生活中四五十岁的女人，当容颜变老，青春流逝，从精神状态上看，她们会有云泥之别。”

“原来读书这么重要啊！”听了雪洁的一席话，娅娅从心底里发出感慨。

“是啊，现在的女人生在了一个最好的时代，可以读书，接受教育，跟男人一样去社会上实现自我价值，这是几千年以来女性获得的最好的人生礼物。读书开智，可以让女人有实力走上通往幸福的道路。”

“可是我完全看不到这些耶，我看到的自己、妈妈、外婆，还有一些人，给我的感觉都是生活的弱者。遇到事情只能被动接受，还有哭和抱怨。”

“女人的名字不是弱者，遇到问题就只会哭，解决不了任何问题。娅娅，你要知道，第一滴泪是珍珠，第二滴是甘泉，第三滴是露水，第四滴就是自来水，哗啦啦流出来不值钱了。”

娅娅听到“自来水”时，捂着嘴笑了，自己过去就是这样，常常自怜自艾地白白流了多少眼泪呀，这样的泪水只是让自己陷入负面情绪里不能自拔。

“那你现在幸福吗？”娅娅问了雪洁一个触及灵魂的问题。

“幸福。”雪洁回答得无比坚定。“我努力的过程很幸福。我内心安定、不忧不惧很幸福。我能照顾好自己，也能照顾周围的人，也很幸福。”

“我也想得到幸福。我还想跟你生活在一起。”娅娅鼓足勇气说出了心里的话。

“你为什么想跟我生活在一起？”雪洁也给了娅娅一个直击灵魂的追问。

“一开始，我觉得你家比我那个小破家好，还有爷爷去世后我心里害怕一个人生活，还有一些说不出来的原因，比如跟你在一起很开心……刚才，我多了一个原因，我也想跟你学做一个独立坚强的女人。”娅娅发现说出自己内心真实的声音一点也不难，反而很顺畅，内心里有一股热热的力量在涌动。

“好。我们一起为这个愿望努力。”雪洁注视着娅娅的眼睛。此刻，她在娅娅的眼神里读到了信任和对新生活的渴望。但是现实中，实现这个愿望还有很多的障碍要克服。

小猫咪的出生，让雪洁彻底“沦为”一名厨师，每天在厨房里的时间超过了三分之二，而娅娅也成了勤劳的小帮厨，每天喂养着猫猫狗狗。外面的疫情依然很严峻，但看着在花房里安然长大的小猫咪，娅娅第一次有了责任带来的成就感。

十三、娅娅的决定

过去的两天里，娅娅有种说不出的喜悦和安稳，也许是因为每天忙碌而有趣的生活，也许是因为她和雪洁达成了共识，她可以继续留在这里生活下去。娅娅喜欢这个家，喜欢这里的花花草草、猫猫狗狗，还有女主人雪洁，待在这里让娅娅觉得生活充满了乐趣和希望。

早上起床后，匆忙吃一片面包加煎蛋，还有葛根粉冲的一杯糊糊，娅娅和雪洁就开始忙活开了，喂鸡、喂猫、喂狗，用发酵好的酵素水挨个儿给花房里的植物施肥，修剪掉枯枝烂叶，一个上午很快就过去了。

雪洁做了两份砂锅拌饭当午餐。黑色的粗陶器皿里盛着雪白的米饭，菜地里新摘的黄瓜、胡萝卜、木耳洗干净切成细丝，盖在米饭上，加一个煎蛋，一些煎肥牛片，再浇上辣白菜和蘑菇酱汁，用长柄铜勺拌均匀了，舀起一勺吃到嘴里，美味无比，热乎乎的食物进到胃里，整个身体都暖和舒服。

“雪洁，你这厨艺不开饭馆真是可惜了。”娅娅由衷地夸赞着雪洁大厨。

“开饭馆可不容易，三百六十行里属勤行，起早贪黑，进货、算账、招呼客人，差了哪一点都无法保证盈利，最难的是要天天如此，一坚持就是好多年。所以我很佩服那些开饭店的，哪怕是一个小小的店面，也都是主人一滴汗一滴汗地经营出来的。”

“是的呢，以前我爷爷常去小区门口的一家热干面店，才六张桌子的小店，店主从年轻人做成了老头，听爷爷说，他几十年里天天早上四点起床，准备食材。”

“生活不易呀！每一行都有它的行规戒律。”雪洁慢慢吃着碗里的拌饭。

娅娅的手机响起来，是妈妈的来电：“娅娅，你还好吧？没有出去吧？外面疫情严重，你可千万别出去乱跑。”

“知道了，妈妈。”

“娅娅，上次说的那个事情，我跟你爸爸通电话说了，他不同意，说是不会卖女儿的。你爸爸的意思，他克服万难也让你过去跟他一起生活，我觉得这样也是最好的，长期住在别人家里总归不是个事儿……毕竟非亲非故的……人家凭什么照顾你？谁知道她心里打着什么小算盘……”

娅娅妈妈在电话里自顾自地说着，没有注意到娅娅听说爸爸不同意时，情绪已经起了变化。

“四年前你们离婚，都不想要我，现在人家愿意要我了，你们又考虑起自己的面子了。你们有考虑过我的感受吗？你们有吗？你们有吗！！”娅娅几乎是用尽力气冲着电话吼叫。听到娅娅的怒吼声，雪洁吓得赶紧过来接过手机：“娅娅妈妈，孩子现在有情绪了，我看咱们改天找时间三方一起谈一下吧。你们误会了，我不是要收养娅娅……好好，先这样，挂了，再见。”等雪洁挂完电话，娅娅已经冲进自己的房间，“砰”地关上了房门。

“一头喷火龙。”雪洁摇摇头。青春期的孩子就是这样容易情绪激动。她决定等过一会儿娅娅的情绪平复后，再找她商量一个跟她父母沟通的办法。

雪洁坐在客厅角落的钢琴前，打开琴盖，弹起她最喜爱的《水边的阿狄丽娜》。

优美的琴声从客厅荡漾开来，吸引来了大奔，它安静地趴在雪洁身边。琴声也穿过门缝，传入娅娅的耳中，像水波一样轻柔的安抚，熄灭了娅娅心中的愤怒。怒火的“灰烬”里，一股股的委屈从娅娅心田里呜呜咽咽地冒出，变成了泪水流出来。就这样安静地哭了一小会儿，娅娅警觉，擦了擦眼泪，自己对自己说：“不哭了，哭多了眼泪不值钱了。”“雪洁说得对，老是陷入过去的委屈里自怜，并不能解决问题，还是得想办法争取到他们的同意才行，不然哭死也换不来自己想要的生活。”

想到这里，娅娅深吸一口气，果绝地截断了悲伤情绪的肆意弥漫，平复下心情，然后去洗了把脸，重新梳好头，打开门走出房间。

娅娅悄悄走近雪洁身边，抱着大奔一起坐在地板上听钢琴曲。

晚上，两个人跟娅娅父母视频通话。

这是一次艰难的谈话，因为几个人都在自说自话，交流根本不在一个频道上。娅娅的爸爸满脑子想的是如果女儿被外人收养了，自己这个做父亲的脸面没法搁，但是很显然，娅娅过去跟他一起生活，他也没有把握一家人能和谐相处。娅娅的妈妈一直处在无助的焦虑之中，既没有什么解决办法，又担心娅娅在爸爸家生活受后妈一家的气，更不放心娅娅以后一个人生活在以前的老房子里，但让娅娅跟着雪洁一起生活，她不置可否，总有说不出的顾虑。

娅娅的情绪一直随着父母的谈话起伏变化着。还好有雪洁稳定的态度做她情绪海洋的定海神针。雪洁一直安抚娅娅，让她耐心听父母说完，她自己也是这么做的，一直非常礼貌而克制地认真听对方讲话，即使那些话语里有明显的攻击性和误解，她也能沉住气，不打断、不对抗、不辩解。一直到他们都说完了，雪洁才围绕他们的担忧和不理解，阐述自己的想法，更主要的是提出促进事情解决的建议。

雪洁首先表示自己无意收养娅娅，不需要任何法律上的变更手续，她甚至可以跟娅娅的父母签署协议，表明自己不会领养娅娅，这打消了娅娅父亲最主要的顾虑。雪洁又从对娅娅的生活有利的角度来说明，娅娅跟自己一起生活，也许是娅娅成年以前最合适的选择。对于娅娅今后的生活和教育费用，雪洁也给出了合理的建议，娅娅的父母仍然负责她的教育费用，娅娅的生活费用，因为她们家基本能自给自足，娅娅可以通过参与劳动、打理家务来换取。娅娅对这一条特别满意，可以通过劳动换取生活费，这样就证明自己是大人了，还能更加“理直气壮”地在雪洁家里吃香喝辣，而没有任何心理负担。

末了，雪洁将心比心，以情动人：“我和娅娅这个孩子在疫情期间相识相伴，也算是过命的交情。我和娅娅是彼此需要、互相陪伴，并不存在娅娅住在这里就占我便宜的问题。即使未来娅娅住在我这里，她也永远都是你们的女儿。这两个月一起生活下来，你们也看得出娅娅很喜欢住在这里，而这也是对她来说比较合适的安排，也免得你们为难。我觉得我们可以试一试，如果有什么问题再一起商谈解决。总之，一切以娅娅的健康成长为重。娅娅已经十二岁了，有了自己的想法和判断，这个事情上，我们大人只是提出建议和考虑周全，更主要的还是尊重娅娅的意愿。”

雪洁的一番话，听得娅娅连连点头，她冲着视频那边的父母大声喊：“这事儿得听我的。我愿意待在雪洁家。”娅娅本来还想说“你们想拦也拦不住”。话到嘴边，她又咽回去了，她通过观察雪洁说话的方式发现，说话不能只顾着自己说得痛快，还要考虑对方的感受，那些凭着一时情绪冲动说的话，往往只能让事情变得糟糕。

视频那边的父母沉默了一会。也许对他们来说，这个决定的过程是一次漫长的心理煎熬。从理智上看，这样的安排确实是对娅娅最好的，但是一想到自己的女儿忽然就成了别人家的，内心的滋味也是五味杂陈，尤其看到娅娅跟雪洁在一起的亲密和开心，对比之前判若两人，这种失落也是娅娅的父母难以接受的。可是又怨谁呢？自己当初不珍惜的女儿，如今有人当宝贝似的，还有更好的生活条件，为了孩子着想，做父母的无论如何也不能拦着了。

娅娅的父亲终于在屏幕那边点了点头，好半天挤出一句话来：“先这么住着吧，娅娅要是觉得不合适了，可以随时回来。”

“娅娅，你在雪洁阿姨家里要懂事、要听话啊！”娅娅妈妈叮嘱娅娅，也算是表态同意了。

“谢谢爸爸妈妈。”娅娅第一次发自内心地跟父母说谢谢。爸爸妈妈有点受宠若惊，也很感慨，眼眶瞬间湿润了。

关掉视频，娅娅忍不住给雪洁来了一个大大的熊抱，她把雪洁拦腰抱起，从地上举起来。“哎呀，这孩子饭没有白吃，有力气。”雪洁不忘打趣娅娅。

“你说，你让我常住你家，是不是图谋不轨？”娅娅就势把雪洁摁倒在地板上，“严刑逼供”起来。

“我坦白，我的图谋可多了，我图你年轻貌美、体态丰盈，我图你吃得多、能干活……”雪洁的调侃，迎来了娅娅一顿雨点般的拳头，雪洁连连求饶不已。

娅娅尽情地释放着身体里的气力，好像有什么东西被激活了，咕咕不断地往外喷涌。那是希望吗？是活力吗？是生命本来的力量吗？

晚上，娅娅和雪洁一起坐在小茶室里，又对未来上学具体的安排做了探讨和分析。娅娅现在上学的学校在另外一个区，离雪洁家远。雪洁说没关系，即使复课了，她也可以开车接送娅娅上下学。娅娅就剩不到一个学期就小学毕业了，这个是可以克服的困难。比较难的是初中三年。娅娅如果继续读以前家附近的定点初中，距离雪洁家就比较远了。虽然娅娅表示自己可以乘坐公共汽车上下学，但是毕竟路上耽误的时间会比较多。雪洁家附近有一所中学，是市重点中学，离家近，但非常难考。以娅娅现在的学习成绩，想考进去没什么希望。

两个人根据实际情况，制定了关于未来上学的上、中、下三套方案。无论哪一个方案，都需要娅娅自己努力并接受随之而来的结果，雪洁只是作为计划的协助者。因为计划是娅娅自己参与设计的，也是为了自己的美好生活，这一次娅娅没有喊难，也没有一开始就退缩，心里反而升起一股斗志。

“不试一试怎么知道呢？”这是雪洁常说的，这一次，娅娅自己说了出来。接着，她又补充了一句：“不能总是当逃兵。”

“美好生活是拼出来的，不是逃出来的。”雪洁补充道。

“拼了！”娅娅举起茶杯，以茶代酒，跟雪洁干杯。

十四、幸福储蓄罐和未来种子银行

这之后的娅娅仿佛变了一个人。每天早上六点准时起床，去花房散步，然后洗澡、摘菜，喂狗、喂猫、喂鸡，八点跟雪洁一起用过早餐后，娅娅就回到房间里自觉地学习。她会一直学习到中午，走出房门吃午饭，然后跟大奔玩一会儿，去菜园里溜达一圈，下午又是几个小时的学习。晚上，娅娅还会自主阅读一两个小时。

除了学习学校规定的网课内容，认真完成作业外，娅娅还主动向爸爸提出要多报几门网课，补习之前基础不牢固的语文、英语、数学。这让爸爸既惊喜又意外。以前的娅娅一提学习就不高兴，对于上课外补习班是一百个不愿意。勉强报一课，都是各种讲条件、不配合，勉强去了，也是敷衍应付，完全没有一点学习的主动性。娅娅对学习的不上心也让爸爸寒了心，慢慢变得懒得管，而妈妈远在杭州，忙着照顾两个小弟弟，也是自顾不暇、鞭长莫及，久而久之，娅娅的学习就陷入恶性循环里。

那时的娅娅既找不到学习的动力，也没有感受到学习的乐趣，自我放逐中还有报复到父母的一丝快感。后来，娅娅越学越吃力，成绩越差越自卑，于是陷入了自暴自弃的绝望里。

希望！希望是内心燃烧的火焰，是一个人努力向上的真正动力。

希望是心灵珍贵的火种！是人生奋斗的永动机。

如今，在黑暗中摸索多年的娅娅，似乎看到了那一丝光明，在前方的洞口，向自己发出生命的邀约！娅娅激动地向光亮奔跑，她要追那束光，紧紧抓住它，让它变成照亮生命的光明。小小的娅娅，独自在黑暗中待得太久了，她不喜欢黑暗和沉沦，正是这一丝不甘心，让她从未曾彻底放弃，也成了她自我救赎的一丝希望。

娅娅在努力奔跑着，每一天都有崭新的希望。每一天的努力都是奔向梦想的一小步。学习哪里是辛苦？简直是快乐！

在课程选择上，雪洁和娅娅一起耐心而详细地了解各门课程的优劣、讲课老师的水平以及是否符合娅娅的学习方式，在综合了解情况的前提下，雪洁客观而精准地为娅娅制订了个性化的阶梯补习计划，语、数、英三科都分为初、中、高三级目标。初级目标是补习过去不会和遗漏的基础知识，中级是进一步复习和巩固过去六年的课程内容，高级是提高该门学科的考试难度，达到优秀水平。

通过这种踏实的补习方法，娅娅努力打牢小学学习的基础，争取在小学的最后一学期把成绩提高上来。

因为补习方法完全是为娅娅量身定制的，因此娅娅不会感到难以适应，既能轻松跟上又有一定的难度挑战。每学完一科，雪洁和娅娅都会做一个小总结，总结获得的学习经验。

娅娅尝到了学习的快乐。每多学到一个知识点，每多弄懂一道自己曾经躲过去的难题，娅娅的内心就开出了一朵自信的小花。

最最重要的是，娅娅不再害怕面对未知和困难，她知道，她的身后有雪洁，雪洁会帮助自己、支持自己。这种身后有依靠的踏实感是娅娅勇敢向前的勇气来源。雪洁，这个与娅娅非亲非故的人，已经慢慢成了娅娅心里最重要的人。

可怕的新冠肺炎疫情，给武汉和全世界按下了暂停键，疫情之下，很多人必须待在家里，工作和学习受到了限制。很多人百无聊赖，给自己找到了上网、打游戏、暴饮暴食、贪吃贪睡的借口。但是也有另一些人，因为疫情，遇见了奋起直追的绝妙时间窗口，比如娅娅。她现在终于懂了“机会永远留给有准备的人”这句话的含义。

那些取得优秀成绩的人，无不是能在背后默默努力，在任何时候都能自律和坚守信念的人，比如雪洁。

在整个疫情期间，雪洁没有表现出无助的恐慌和情绪泛滥，而是积极应对，做好她能做的一切，还有能力帮助周围的人。疫情期间在一起生活的几个月里，娅娅看到了一个人的乐观态度与自律性有多美好。肆虐的疫情中，雪洁依然精致地过好每一天，坚持每天阅读、思考和锻炼。正是强大的心理素质，才让雪洁度过了人生中一个又一个的低谷。不是她有多幸运，而是她足够强大到能够掌握命运，而不是做随命运之波四处飘荡的浮萍。

“女人要活成树的样子，要长出自己的根，才可以滋养自己，枝繁叶茂，繁花似锦。”雪洁喝茶时告诉娅娅。

雪洁对于娅娅来说就是一座丰饶的花园，神秘、美丽、愉悦，让人心向往之。娅娅喜欢观察雪洁，好奇她的一切举动。

雪洁有一个水晶瓶，里面装着很多硬币。雪洁几乎每天都会往里面投放一枚或几枚硬币。娅娅刚到雪洁家就注意到了，她忍着没问，但是好奇心一直都在。

这天，雪洁又从旁边的盒子里拿出三枚硬币投到水晶瓶子里，娅娅忍不住问：“你每天往瓶子里扔钱，是迷信还是攒钱？”

“是储蓄幸福。”雪洁答道。

“储蓄幸福？就凭这么点钢镚？你是在做发财梦

吗？”娅娅调侃她。

“娅娅，生活是需要仪式感的。每天都需要注入一点正能量，才不至于丢失自己，让自己滑入负能量的洋海里沉溺不起。”雪洁看着瓶子里的硬币，继续说：“这里的每一枚硬币都代表了我为自己积攒的健康、学识、好心情。比如今天早上我练习瑜伽了，我就扔进去一枚健康币，如果我今天读了一本好书，我就扔进去一枚知识币，我今天心情喜乐安宁，我就扔进去一枚好心情币。这样一天天、一月月、一年年坚持下来，对自己行为的监督，慢慢就变成一种生活态度了。如果我今年积攒的硬币多，明年也多，我是不是就越来越接近幸福生活了呢？！”

“嗯嗯，有道理。”娅娅点点头，然后若有所思地去了花房。过了一会儿，娅娅捧着很多植物的果实进来了。她在储藏室里一通翻腾，找出来一个黑陶罐，把种子都放进去，又找了一个玻璃密封罐放在旁边，和雪洁说：“这以后就是我的未来种子银行了。今天我劳动了，放进一粒能量的种子。”

说着，娅娅把第一粒花种子郑重地放进密封罐里。

娅娅的生活变得更积极了。她每天早早起来，运动半小时，然后给大奔和蜜糖一家准备早饭，她自己也趁机落落汗。这之后，娅娅会去洗澡，洗完干干净净地出来，脸蛋儿红扑扑，整个人都散发着朝气。

雪洁已经准备好了色泽诱人、品种丰富的早餐。给娅娅的是一杯榨西红柿汁，给自己的依然是一杯无糖黑咖啡。早餐是她们两人的会议时间，她们会一边吃一边商量着今天需要做的事务，以及具体分工。娅娅很喜欢这种自己可以充分做主安排自己生活的感觉。现在娅娅有了更重要的事情——学习。因此种植的工作就减少了很多，仅仅是拔拔草、摘摘菜，作为课余的放松休息。

娅娅虽然知道附近的重点中学很难考，但还是决定要试一试。既然如此，她知道自己未来的日子不会轻松，毕竟小学六年里落的功课太多了。

“哎，早知如此，以前就不偷懒了。”娅娅喝着西红柿汁自嘲。

“是啊，走过的路每一步都算数。偷过的懒都要还的。”雪洁接着说：“好在还是小学，功课不多，咬咬牙努努力还能补得上。”

娅娅做了一个拔头发的动作，又用手指在屁股上戳了一下：“头悬梁，锥刺股，拼了！”

“这才像我韩雪洁的朋友。有种！”雪洁竖起大拇指："下午我给你烤华夫饼作为奖励。"

"就这么定了！"娅娅伸出手掌跟雪洁击掌约定。然后两个人分头做自己的事情。

一个星期过去了，娅娅的种子银行里存入了几十粒种子。看着这些种子，娅娅心里有说不出的开心，感觉它们真的会在自己未来的生活里发芽、开花、结果。如果所有的种子都开花，那将是一片花海，是自己向往的生活呀。虽然娅娅也不是很清楚自己未来具体要过怎样的生活，但是那种人生满怀希望的感觉，让她充满了动力。现在每天学习、做家务，忙得每一分钟都要算计好了使用，生怕浪费了，可是她反而不觉得累。以前那些什么也不干，天天躺着玩手机的日子，想想却是累得很。

白天无论多忙，晚上，娅娅都愿意去雪洁的小茶室，跟她一起喝杯茶，聊聊天，这让她有种说不出的舒心。

"雪洁，你说，为什么我以前躺着什么也不干，反而觉得比现在累呢？"

"惰性是很消耗心理能量的，虽然什么也不干地躺着，但是人的潜意识是知道自己还有很多该做的事情还没有做，那种拖延带来的无力感其实是很难受的。"

"是的呢，感觉在一个泥潭里，动弹不得，很不放松。"娅娅深有同感。

十五、肥胖，是逃避的代价

早餐的时候，娅娅突然宣布："我想减肥。从今天开始，我每天只正常吃早餐，午餐和晚餐都用瓜果蔬菜替代。"

"你为什么突然想减肥了？"雪洁明知故问。

"因为我不喜欢自己这个样子，我想要一个更好看的自己。"娅娅大声说出自己的心思。

雪洁慢悠悠地啜着她的黑咖啡："你这套强制节食的老套方法根本达不到减肥的效果，一旦你某天没有管住嘴，很快就反弹回去。"

"也是啊，我也咬牙试过很多次减肥。我都怀疑我的脂肪细胞能解读我的意念了，只要我的减肥意念一动，它们就会疯狂想吃食物。怎么办呀？瘦身对我来说好难呀！"娅娅有点泄气了，她趴在餐桌上，发出夸张的"哀号"。

"减肥最重要的是内心的改变，这才是真实有力的动力。因为许多人的肥胖是心理的问题，如果治标不治本，只针对身体节食，而不改变内在根源，减肥就始终如过山车一般起起伏伏，直到耗尽人所有的耐心和希望，让人变得更加颓废。”

“原来是这样啊。怪不得我以前下过无数次决心减肥，饿上两天就忍不了了，然后以三天疯狂的暴食宣告失败，结果不减肥还好，每逢减肥胖三斤。”娅娅述说着自己惨痛的减肥史。

“许多人用暴饮暴食的方式来逃避压力和负面情绪。吃东西确实能让人心情变好。因为吃东西刺激神经元分泌的多巴胺会让人快乐。但是依赖食物带来的满足感和愉悦感是短暂的，如果一个人长期以吃东西来解决或逃避情绪问题，就会发展成‘情绪性进食’，甚至会发展成暴饮暴食，身体上的暴饮暴食会带来心理的负罪感，破坏人的正常机能。只有改变这种进食内因，打破恶性循环才是实现减肥的关键。”雪洁看到娅娅似懂非懂，接着说：“这样吧，我找一些有关的纪录片咱们一起看，你对肥胖了解得越多，你内心的动力才会越强大。”

雪洁带着娅娅一起观看了一些纪录片，纪录片里直观地展现出几乎百分之八十的人的肥胖都是因为心情不好引起的，很多人没有更有效的情绪宣泄手段，只是通过暴饮暴食来缓解，这些情绪性进食者会分泌一种叫作皮质醇的激素，皮质醇能刺激食欲，因此大多数情绪性进食者也更加迷恋高热量、高糖分的食物所带来的愉悦感，而高糖高热量的食物恰恰又是肥胖的主要黑手。

大部分的暴饮暴食者也是缺爱者。他们试图通过不断给身体填补食物来替代缺失的爱。似乎填满了胃，就能解决一切问题。的确，吃饱的满足感真的能减轻人们一时的忧虑，但是随之而来的肥胖，也让这种减压方式陷入了一个恶性循环，这些人会更多地陷入情绪和身体困扰之中，也带来更高的高血压、糖尿病、脂肪肝等疾病的患病率。

娅娅非常认真地看完了这些有关肥胖与健康的科学纪录片，她陷入了深深的沉思之中。在这之前，她只是觉得肥胖不好看、会被人嘲笑，并没有深入地了解肥胖的危害与成因，当然，也没有人告诉过她这些知识。娅娅第一次透过肥胖深入地了解了自己。她开始思考，这些年自己为什么这样活着？

“我知道了我胖的原因。我以后该怎么办？”娅娅第一次思考自己的过去与未来。

“也许，透过减肥，是你思考的时候了，你想成为一个什么样的人？你未来想过什么样的生活？你如何去实现你的人生目标？”雪洁提出了好几个对娅娅来说很大的问题。

娅娅陷入沉默，也有一些茫然，不知从哪里下手。雪洁似乎看到了娅娅的困惑，对她说：“现在，你减肥会有效果了。身体的减肥很简单，做到运动加自律的生活就可以了。”雪洁胸有成竹：“你要同时改变表达情绪的方式，不要用食物来堵塞情绪的出口，那样会把坏情绪的垃圾堆积在身体里，你试着有情绪就表达出来。”

雪洁说完，转身钻进储藏室里翻腾半天，拖出来一个大沙袋，一副拳击手套和一个头盔，说：“娅娅，你明天可以试试这个，发泄起来可爽了。”没等娅娅反应过来，雪洁就招呼着娅娅帮忙把大沙袋抬进花房里，吊在一根木桩上。

“你家里怎么会有这个？”娅娅一边琢磨着戴头盔和手套，一边好奇地问。

“这是我和小鱼儿当年用的，后来我开始练瑜伽，小鱼儿也出国了，就把它收起来了。这个练力量和肌肉非常好。”

娅娅穿戴好，站在沙袋前，有点不知怎么下手。雪洁手把手教娅娅基本的出拳手法和脚的移动步伐。娅娅对着沙袋挥拳打去，嘴里小声地发出“嘿哈”的声音。

“你的声音像蚊子哼哼，大声一点，让声音从胸腔里直接吐出来。”雪洁说完，自己“嘿哈、嘿哈”大声示范起来，她的声音从腹腔发出来，通透有力，听着就痛快。娅娅一边模仿着雪洁的动作，一边琢磨着发声方法。“没想到活到十几岁，还要重新学习发声。”娅娅心里自嘲。

还别说，打沙袋真能出汗，娅娅一会儿就大汗淋漓，她收了手，瘫坐在草地上。

雪洁一个盘腿瑜伽坐，也坐在草地上。两个人很放松地看着对方。娅娅突然笑了，像个小疯子一样自顾自地笑够了，她对雪洁说：“你不知道吧，在医院隔离的时候，我偷偷藏起来吃的，不给你。”

“我知道呀！”雪洁优雅地拉伸双臂到头顶。

“你知道？！难道那些吃的也是你给我的？！”娅娅瞪大了眼睛。

“对呀，我列了个清单，发微信让我的好姐妹送去的。一袋给你，一袋给我。”雪洁漫不经心地答着，专注地做着侧手弯曲。

“原来你知道了。”娅娅有点泄气，又有些疑惑：“你不觉得我是个自私自利的坏孩子吗？”

“我知道你是个缺爱的孩子。”雪洁伸直一条腿，做着压腿运动，“那不是你的错。”

“你为什么让我来你家？”娅娅追问。

“生命像一条河流，爱是水波，自由是堤岸，只有河水充沛的河流才会有水溢出来。爱也是如此。”雪洁没有正面回答，念了不知道她从哪本书里记下的一段话。娅娅听不懂。她起身去冲澡。水清凉凉的，她的心热乎乎的，借着水的冲刷，娅娅任由泪水肆意地在脸上流淌，自己身体里充沛的泪水又是什么呢？娅娅自己问自己。

十六、春天溜进了家里

转眼已经是四月，如果不是疫情，武汉已经是“人间四月天”的春意盎然了，各大公园、景区里一定挤满了游春赏花的人们。

今年的疫情，让这些往年热闹的地方都安静了下来，人们不得不待在家里，躲避着可怕的病毒。虽然现在通过政府和医务人员的努力，疫情已经得到了有效控制，但是正常出门游玩依然是一种奢望。

然而春天也不会因此而缺席。花房里的花应季地开了，月季、蔷薇、茶花、美人蕉，一拨一拨地竞相开放，给这个独立的小植物王国营造了春天的热闹气氛。

武汉的疫情最严重，得到了从中央到地方的大力支援，医疗物资、食物等从四面八方运到武汉，各地还纷纷派来了医疗支援队伍，给了武汉最大的帮助，也给武汉人民吃了“定心丸”。疫情逐渐控制下来，各类物资也充足，人们的生活得到了最大的保障，雪洁也不用再跑医院送盒饭了。现在的雪洁不需要忙着给医院的医护人员准备食物了，又有了大把空闲的时间，她每天会花上很多时间待在花房里，剪枝、打杈、人工授粉……精心打理花花草草。她会把一些花草剪枝插瓶，做成精美的插花，一摆弄就是一上午。那些开败的花瓣，雪洁捡了倒在水渠里，看着一片片花瓣在流水中飘飘荡荡地流走，雪洁会自言自语道："花落水流红。"也会轻轻哼着歌："我有花一朵，种在我心中，含苞待放意幽幽……女人花，摇曳在红尘中，女人花，随风轻轻摆动……"

望着水边娴静优雅的雪洁，娅娅看得陶醉了，原来女人的美与年龄无关，而是被丰富的阅历和灵秀的气质所浸染，怪不得人们说"腹有诗书气自华"。娅娅如今亲眼见识了，不禁被女性的美深深打动。但是小丫头的嘴可是厉害的，依然不肯放过这样的打趣机会："哟！春天真是恼人，惹得我家大才女也闹春！"娅娅说完，自己先笑倒了，还防备着雪洁恼了扑过来打她。雪洁丝毫不受影响，反而手拿一朵月季，站在水边，模仿昆剧里的花旦，临水理妆，尖着嗓子，拖长了音调："啊——这——，这可如何是好呀！"

两个人笑作一团，好半天收了笑，雪洁用手指撑撑眼角，直呼："我的眼角又多了两条皱纹了。娅娅你得赔我眼霜。"

"没事的，笑多了的人，老了也是一朵盛开的老菊花。"娅娅现在心眼开了窍，机灵得很。

“娅娅，你看这些花儿多美，今天中午咱们就吃花吧。”雪洁的突发奇想立刻引得娅娅兴致盎然。两个人一个拿花剪，一个捧托盘，在花房里搜寻起可以吃的花儿来。她们剪了洁白的玉兰、粉红的月季花、红红的美人蕉花、黄黄花心的鸡蛋花，又摘了几片桑叶、紫苏叶，装了满满一托盘。两个人欢天喜地回了厨房。

娅娅在雪洁的指导下，倒面粉加鸡蛋调成糊状，再加点食盐，搅拌均匀。那边雪洁已经支起煎锅，倒油加热，把一朵花均匀地裹上一层薄薄的面糊，然后快速放进高温的油锅里炸，用筷子翻动几下，使花朵均匀受热，捞起后放在吸油纸上滤去油，一朵花还是盛开的样子，此刻却已经变成了美食。娅娅看着花朵们神奇的变身过程，觉得开心又有趣。两个人一边炸花一边聊着一些有关花的冷知识。

花朵和叶子，炸出来一大盘子。雪洁端到餐桌上，撒上些黑胡椒粒，对娅娅说：“请尝尝我的雪妇罗。”

“你欺负我没文化是吗？只听说过日本的天妇罗，哪里有什么雪妇罗！”娅娅一边说着，一边拿起一片炸花放进嘴里，嘎吱嘎吱嚼起来。“酥脆清香，果然好吃！”娅娅竖起一个大拇指，做了个点赞的手势。

“对呀，日本的炸蔬菜叫天妇罗，韩雪洁炸的就叫雪妇罗喽！”雪洁又开始没正形地逗娅娅。

娅娅已经顾不得跟雪洁斗嘴了，吃美食更要紧。

两个人就着一盘炸花，各吃了一碗热干面，真是十分接地气的一顿午饭。

雪洁突然想起，天气变暖和了，菜园子的塑料大棚可以拆了。于是两个人商定，明天一早开始行动。

“我今天可得多吃一点，储备能量，明天可是体力活。”娅娅为自己放开大吃找到了合理的理由：“我的体重大，需要的热量多，不然明天劳动会虚脱的。”娅娅说完，嘟嘴鼓腮，做了一个萌萌的可爱表情。

这段日子里，娅娅变了，话多了，而且很喜欢开玩笑，尤其是拿自己开涮。她也时常拿雪洁打趣，言语之中充满了“攻击性”。一大一小两个女人的居家生活，变得唇枪舌剑、刀光剑影，娅娅乐在其中，雪洁就像一个武林高手，云淡风轻、见招拆招，因此两人玩得不亦乐乎。

小战斗通常从起床后开始，午餐桌上进入高潮，晚餐桌上落幕，晚上的茶室里又是另一番温情景象。

娅娅喜欢在雪洁的小茶室里逗留，问她各种问题。

“有人说自嘲能让人变得受欢迎。”这是娅娅今天的问题。

“刻意的自嘲只是一种以退为进的防御，用攻击自己的方式来给自己安全感，给自己在人前留一条退路。”

“自嘲不是幽默的表现吗？”

“刻意的自嘲不是幽默，是自黑，是觉得自己不够好的脆弱和自我攻击。接受自己后的自嘲，才是幽默和豁达。”

“怎么才是接受自己的自嘲？”

“承认自己的缺点，试着和它们友好相处。人活在世上，谁还没有几个缺点呢？自在一点，去过个爽快的人生。”

“哦——”娅娅若有所思地点点头。但是新的困惑马上就跟上来了。“承认自己的缺点，和它们友好相处，这和不求上进有什么区别？你不是说人要自强、自律吗？”

“这其中的分别就是，能否把自己的精力用来改变那些想改变的、能改变的事情上，而不是纠缠那些没办法改变的。比如我们无法选择自己的出身，无法改变自己的一些相貌特征。”雪洁说完了这些话，喝了口茶润嗓子。

“比如我，要学会接受自己是一个父母离异的孩子。管理好身材就属于自律，因为这是能改变的。”娅娅联想到自己，“可是我真的很难接受这个事实。我总觉得是因为我不好，爸爸妈妈才会离婚的。而且他们没有我以后，生活确实都过得不错，可见我才是那个不配过好生活的人。有时候我觉得我就是这个世界上一个多余的人，就这么烂下去好了。”

“爸爸妈妈离婚，是他们的选择，并不代表你不够好，你不必因为这个而自卑、自罚。”

“我的人生已经是一副糟糕的烂牌，还能梦想什么呢？”娅娅抬头望着窗帘，一动不动，不知是发呆还是深思，一瞬间的表情看起来像个沧桑的大人，而不是一个十二岁的孩子。

“拿了一手不好的牌，那就干脆连牌都不要出吗？”雪洁低声吼出来。看到娅娅那副落寞的、自甘沉沦的表情，雪洁不免有点动气了，失去了一贯稳定的情绪。可见，关心则乱。

“拿坏牌只能说明运气不好，但是拿了一手坏牌却依然打赢了，那就是本事。所以，不要埋怨自己的父母如何，抱怨自己的出身如何，他们能够给你的，已经竭尽全力。任何人应该要做的就是为自己的人生负责，而不是把责任都推到父母身上，推到命运头上。那些认清生活的真相依然选择热爱生活的人，才是真正的勇者。大部分人都是普通人，生活没有奇迹，没有神奇的魔法，只有尽一些努力就有一些收获的小确幸。我、小鱼儿、你、你爸爸、你妈妈，还有你的同学们，大家都是一样的。”

“听起来我的经历也不是那么糟糕。就当是自己的一部分阴影好了。”

“真正的自信不是要让自己变得完美，而是允许自己有不完美。有些不那么美好的经历可以成为肥沃的养分，滋养我们，让我们更懂得珍惜和爱，包括爱自己。”

“今天我明白了‘自信’的含义”。娅娅总结性陈辞，然后和雪洁互道晚安，各自回房睡去。实际上，这一夜娅娅又辗转了大半夜，这样的谈话总是能深深地搅动她的心，促使她去思考。这就是成长吗？有点清苦的味道，难怪雪洁这些大人喜欢喝咖啡和茶，而小孩子都喜欢喝甜甜的饮料，因为各自的人生况味不同，也会影响味蕾的选择。

“雪洁，你不像一般的舞者，我听说她们很多人并不是很有学问。你就不同，你为什么那么爱读书？”

“我以前也是那样的，注重外在的一些东西，比如形体呀、荣誉呀、关注度呀。这一切的改变就是从小鱼儿的爸爸突然离开开始的。你还记得我说当时我想不通吗？为什么这样的苦难要降临到我身上？我觉得是老天爷对我不公，我愤怒又沮丧。后来我慢慢地找到了答案。”

“什么答案？”

“老天给我一个成长的机会。如果小鱼儿爸爸一直在我身边，我一直过着以前的生活，是不可能主动去改变的，人都有惰性，喜欢安稳，喜欢待在自己的舒适区里。生活的巨变逼迫我去改变，去突破困境，也突破自我。好在我们练舞蹈的人都有一个长处，就是特别能吃苦。我用了十几年的时间，跟生活死磕，恶补过去缺少的知识。”

“种树最好的时刻就是现在，学习也是如此。人生起步不怕晚，就怕没有开始。”

十七、娅娅吃醋了

按照昨天的约定，今天雪洁和娅娅要完成一个大工程——把菜园子的塑料暖棚拆了。

一大早，娅娅就起来了，她走进暖房，看见雪洁已经在里面了，手里提着个篮子，竹篮里装了一把南瓜花。雪洁看见娅娅，说：“早，娅娅，咱们今天喝粥，配鸡蛋炒南瓜花吧。”

“好好的花儿为什么摘了？不留着结大南瓜吗？”娅娅问。

“一根藤上的花太多的话，南瓜都长不大的，掐掉一些花，可以保证小南瓜有充足的养分。”雪洁说，“南瓜花炒鸡蛋很好吃的，你尝尝。”

娅娅“嗯”了一声表示同意，然后转身去鸡窝里看看有没有新鲜的鸡蛋。看着大花和小花那悠闲又自信踱步的样子，娅娅猜到它俩已经下蛋了。果然，草窝里卧着两个鸡蛋。娅娅喜滋滋地伸手进鸡窝，取出来的鸡蛋还温热着。

“菜里没有鸡蛋是没有灵魂的。”娅娅跟在雪洁身后，大奔跟在娅娅身后，一路进了屋。

雪洁把南瓜花的花蒂摘掉，把花瓣撕开，洗干净，切碎，放鸡蛋里加点盐打散，然后准备好锅，大火烧热油，放入蒜末炒香后倒入蛋糊炒熟，一盘色泽金黄、口感绵软的南瓜花炒鸡蛋就做好了。配上雪白的大米粥，清香四溢，娅娅连吃了两碗粥，直呼简直是把春天吃进了肚子里。

吃过早饭，两个人换上工装，开始动手拆除菜园上的塑料膜。当大膜掀开，一股清新的风灌进来，久违的大自然的气息扑面而来。娅娅和雪洁都忍不住深呼吸，“终于重见天日了！”娅娅大喊一声，发泄疫情隔离在家的幽闭情绪。

雪洁和娅娅把整块塑料膜拆下来，把它清洗干净后，叠成合适的大小，挂在木栅栏上晾晒着，两个人又继续拆卸支撑大棚的钢筋架，把支架之间的一个个螺母拧开，把支架一节节取下来，收拢，扎捆，堆放在花房的角落，等到冬天时再安装。如果赶上不太冷的冬天，甚至都不用覆盖保暖膜。

忙碌了两个多小时，两个人终于把大棚拆解工作完成。娅娅这才有机会看到大棚外面的景象。大棚南面是一圈铁艺围栏，围栏外面还有四米宽的隔离带，种了十几棵果树，有些娅娅认识，有些不认识。她趴在围栏上，指着几棵结满果子的树问雪洁："那些树是你种的吗？那些果子能吃吗？"

雪洁放下手里的工具，走过来站在娅娅身边："呀，杏都熟了，可以摘了。"

雪洁转身找来钥匙，打开铁艺围栏上一扇铁艺门，走到了果树林里，伸手摘下一颗黄软的杏，尝了尝，说："熟透了，真甜。"说着又选了一颗递给娅娅。

"哇！好好吃，软软甜甜的。我以前吃的杏都是硬硬的，还酸，一点也不好吃。"

"树上自然熟的果子最好吃了。"雪洁一边说着，一边开始挑熟透的采摘，娅娅转身进花房拿来了大竹筐，两个人一边收果子，一边聊天。"这些果树都是我十年前搬来时亲手种的，这几年每年都结果，果子熟了，邀请邻居们一起来采摘，大家分一分，可开心了。可惜今年有疫情，没法召集大家一起采摘。"

才一顿饭工夫，两个人已经采摘了一大竹筐的杏，大概有二十多斤。

"这么多，咱俩也吃不了，又不能送邻居，怎么办？"已经吃饱了的娅娅开始发愁起杏的保存。

"你见过有什么事情能难住韩雪洁女士吗？"雪洁胸有成竹地开起玩笑。

娅娅一副又怀疑又好奇的表情看着雪洁，等雪洁自己说出答案来。

“咱们把杏挑拣成四份。最熟软的这两天当新鲜水果吃；已经熟透还没软的，可以拿来熬成甜杏酱；黄黄的刚刚熟，可以晒杏干；最后剩下的青黄色的硬硬的，可以拿来泡果酒。”雪洁果然出手不凡，一番安排下来，娅娅不服不行。

两个人吃饱了鲜杏，连午饭都省了，一口气把杏挑拣好，洗干净，趁着今天的天气好，菜园里阳光直射，摊开了竹匾晒杏干。

泡果酒需要大坛子才行。雪洁让娅娅跟自己一起来到菜园东北角，那里堆着一堆营养土和草料，雪洁扒开稻草，下面放着几个大陶坛。雪洁和娅娅抬出一口陶坛，冲洗干净，放在阳光下晾干。

雪洁又进屋到储藏室里，小心地用刀片启开陶坛口封着的蜡，一股酒香扑鼻而来。

娅娅对雪洁说：“你可真是‘末日生存者’，连酒也存了这么多，你又不喝酒的。”

雪洁答：“这是上好的绍兴花雕酒，也叫女儿红，存了十几年了，给小鱼儿出嫁时准备的。”

娅娅撇撇嘴，“你可真是瞎操心。小鱼儿在巴黎有男朋友了，将来在那边结婚了，看你这一大坛子破酒怎么运过去。”

“我存酒的时候也没料到这个，现在想想是有点傻，不过是当妈的一片心意。”雪洁自己也不好意思地嘿嘿笑起来。

雪洁舀出一些花雕酒，准备做果酒用。

娅娅看着雪洁一个人在厨房忙着给青杏焯水去涩，也不过去帮忙，还带着大奔在客厅里胡闹。之后，她又调高音量听音乐，跟着音乐大声唱歌，还把脚跷到茶几上。晚饭时，两个人吃了个简单的葱油拌热干面，娅娅也不满意，拿筷子在碗里挑来挑去。就这么任性地闹腾了一个晚上，雪洁都包容着娅娅，一句呵斥的话也没有。倒是娅娅自己憋不住了，跑到小茶室问："你真不生气吗？还是装着忍着不生气？"

"好好的，我为什么要生气？"雪洁淡定地反问。

"为什么惯着我？"

"因为你喜欢我惯着你呀。"

"我有病。"

"我恰巧有药。"

"你讨厌，我恨死你了。"娅娅说着扑上去用两个拳头对着雪洁一通乱捶。

"哎哟！哎哟！累了一天，你的小拳拳捶得我还挺酸爽的。"雪洁缩着脖子侧着头，一边躲避拳头雨，一边嘴上还逗趣。

雪洁的挑逗，招来娅娅更猛烈的"攻击"，娅娅直接把雪洁拦腰抱起摔翻在地，这还不够，娅娅把身子压在雪洁身上，用审问的口气说："说，你这么惯着我是何居心？"

“我不想再让你受委屈。”

“就这么简单？”

“至少在我这里。”雪洁举手做投降状。“你还是太重，压坏我的小蛮腰了。”

“雪洁，我知道你对我好没有企图，但是我还是想不明白，你为什么要这么做？一个人做事总有点目的吧？”

“我没有目的，但是有需求。我的需求是自我价值。你听说过一位心理学家叫马斯洛吗？他最经典的需求理论，谈到人的需求由低到高分为几层。最底层也是最基础的，是安全的需求。最高一层是自我价值的实现需求。我们每个人活在世界上，除了吃饱穿暖这些生理需求，总要有一点精神追求。就比如我，曾经吃了那么多的苦，好不容易自己爬出来，这苦不能白吃，爬出来的经验也不能浪费了，如果可以给到更多的人，不是更好吗？！”

“我吃醋了！”娅娅憋了半天说出心里话：“你对小鱼儿那么好。我吃醋了。”

“哈哈哈，醋味可浓了，在法国都能闻到。”雪洁开心大笑，惹得娅娅又羞又恼，又是对雪洁一顿“捶”。

花房里也发出一阵阵“喵喵”叫，那是大奔在向蜜糖一家表达亲密，它憨憨地追着小猫咪轻轻扑咬，惹得蜜糖发出紧张的叫声。

看来人类和小动物在表达亲密的方式上，有着本能的相似，善意的厮打，胜过任何语言的表白。

十八、云课堂，娅娅的新家成热点

不管人间有没有疫情，季节总是随着自己的节奏如期而来。

往年春天的这时候，学校早已经开学了。校园是最热闹的地方，每天有成百上千的学生像鸟儿一样，一群一群地进出，叽叽喳喳，充满了活力。

可是现在因为新冠肺炎疫情，太多集体活动被摁下了暂停键，就像孙悟空对人们施了定身法术，一切仿佛都停止了，人们不能出家门，不能去逛公园，不能去学校上课。

人类的发展史也是一部与疾病抗争的历史，在这个漫长的斗争史中，人类固然损失惨重，但是所幸每次都能靠着智慧与团结，从厄运中挣脱出来。

这一次的新冠肺炎疫情也是如此。它来势汹汹，人类还没来得及认识它，就已经处在它的强大攻势之下，只能一边加紧科研的步履，一边采用最原始的办法——隔离，来阻隔病毒的入侵。但是隔离的代价何其大，经济运转的齿轮硬生生地停顿下来，人们奔忙的脚步停歇下来，病毒不但想抢走人们的生命，还试图偷走人们的金钱和时间。

好在人类的反抗手段中又多了一个筹码——网络科技。网购、云数据、云空间、云课堂，甚至云拥抱，互联网让人们有了隔空连接的可能。

娅娅所在的学校也通过网络开始了线上复课，同学们聚集在云课堂里，听老师在线上课。

通过小小的视频画面，娅娅见到了阔别几个月的老师和同学们。大家通过视频打招呼，通过视频上小小的头像相互辨认，讨论谁胖了、谁变样了。云课堂里的娅娅依然是沉默的，别的同学积极发送弹幕，发各种表情，娅娅习惯性地在一旁安静地看着。

直到有同学发现了娅娅的头像，在群里问："那个新面孔是新来的同学吗？以前没见过？"

"我是王飞娅。"

"啊，怎么不像你？脸瘦了，大饼脸变鹅蛋脸了。"

娅娅正不知如何接话，老师在云课堂里邀请同学们分享自己在疫情期间的生活，比如，都做了哪些有意思的事情？学会了做什么家务？

同学们踊跃地发表感想，有的说学会了做热干面，有的说学会了烤蛋糕，还有的说学会了组装遥控飞行器……

轮到娅娅分享了，她说："我在这段假期，学会了种菜、养鸡养鱼、沤肥、给猫接生、照顾刚出生的猫宝宝，还有……"

娅娅的话引得同学们发了一堆的弹幕，上边有各种搞怪的表情，尤其是在她说会给猫接生时。

大家以为娅娅在胡说八道。有同学运用常识分析，指出娅娅在瞎编："娅娅跟我们一样住在武汉市区的居民楼里，家里怎么可能有地方种菜，养鸡养鱼还同时养猫养狗，这也太夸张了吧？"

"肥鸭是不是疫情期间在家憋太久，得妄想症了？"有人开始取笑娅娅。

老师也说话了，她善意地提醒娅娅："王飞娅同学，我们是分享假期的真实生活，不包括想象的部分。大家分享的内容一定要实事求是。"

要是以前，娅娅会默默地退回座位上，不再吭声，也懒得辩解。娅娅习惯选择逃避，沉默是她消极的反抗。但这一次，娅娅突然有了新的冲动。她对着屏幕敲出几个字：请等我几分钟，我会让大家看到事实真相。

说完，娅娅飞快地离开房间。她带着手机跑到花房，开启视频功能，把花房里的花草树木、水渠游鱼一一录下来，还拍了在前面带路奔跑的大奔。娅娅又推开玻璃门，把大棚、菜地、母鸡大花和小花、猫咪蜜糖母子五个，也都拍摄下来。然后娅娅飞快地跑回房间，把手机里的视频上传到班级空间。短短十分钟的视频，在空中课堂里炸了锅，同学们发出惊呼的表情包，表达惊讶和羡慕。

眼见为实，同学们相信了娅娅所说非虚，但是又想不明白这个城市里怎么还有这样一个秘密基地。同学们好奇地想知道答案。下面的课堂内容没法继续下去了，因为同学们都在围着娅娅提各种问题，娅娅也一一作答。这一刻，娅娅成了班里的“明星”。

“王飞娅，你以前也太低调了吧？原来你才是隐形的富二代呀。”

“飞娅，你家里的热带丛林里可以搭帐篷露营吗？我们好想去呀。”

“小猫咪太萌了，好想撸撸。”

“飞娅，你家的园子都是你打理的吗？”

“王飞娅，明天你再拍视频给我们看看吧。求求你了！”

…………

娅娅对着屏幕，一边敲字一边咧嘴笑，享受着来自同学们的围观和艳羡。

午饭的时候，雪洁发现娅娅是哼着歌儿出来的。娅娅脸上洋溢的喜悦简直可以把冰封的湖面都融化。

“哟！看来这个线上课上得不错呀。”雪洁也很高兴，逗着娅娅。

“嗯……”娅娅笑眯眯地低头扒拉米饭，故作深沉地想保守住秘密。

这个“漫长”的沉默只坚持了两分钟。一百多秒的煎熬之后，娅娅主动坦白：“同学们都喜欢咱家的植物园呢，还有蜜糖一家，还有大奔。”

“是不是惊艳到了他们？”

“嗯，他们都想来看看呢，还让我明天继续拍视频给他们看。”娅娅尽量显得低调，但是抑制不住的小喜悦飞上了嘴角眉梢。

“好呀，等疫情结束了，可以请同学来玩。”

“真的吗？”娅娅的五官立刻如花儿绽放：“居然有男生想着在里面搭帐篷，你说他可真能折腾……”娅娅吧啦吧啦说开了，把云课堂上同学们的议论都复述给雪洁。娅娅对于雪洁的大方好客有点受宠若惊。

两个人又一起商量了明天怎么拍视频。她们决定，可以分几个主题拍，每个主题讲一个小故事。娅娅提前写一下解说词，拍摄的时候，她自己担任解说。娅娅显然被这个拍摄计划吸引了，晚上就关起门来忙活开了，列提纲、编写解说词，还时不时地推门问雪洁一些意见。

第二天一大早，娅娅就跑到大棚里，拍摄起蜜糖母子的生活了。娅娅讲了蜜糖来家里生产小猫的故事，以及照顾小猫的经验。可爱的猫咪生活再配上娅娅声情并茂的解说，小视频发到班级群后，很受欢迎，成了同学们一天热议的话题。

后来，娅娅又陆续拍摄了母鸡大花和小花，快乐的大奔，以及植物园里的花花草草……同学们都很羡慕她——家里有丛林，有鱼有鸡有狗还有一窝猫。同学们每天在群里围着她问各种问题，娅娅在班里从来没有受到过如此多的关注，她快乐得冒泡，眼里有光，脸上挂着笑。

这一切，雪洁都看在眼里。此刻，她坐在房间喝着茶，听娅娅在房间里跟同学们聊得热络，雪洁的脸上也露出了一丝淡淡的笑容。她更加坚定了自己的选择。

晚上，娅娅睡着了，雪洁进去替她关台灯，只见书桌上的书本摊开着，作文本压在书下面，露出一部分来，雪洁扫了一眼。

“我不再是那个脆弱的小女孩，你的爱重塑了我，你的包容软化了我的刺，你的关爱卸掉了我心的铠甲，今天的我已经能够接受爱也会给予爱，我的生命变得生机勃勃，我的未来已现曙光。

谢谢你，让我觉得爱不是一个稀缺词。”

雪洁鼻子一酸，用力吸了吸，平静地关灯走了出去。

十九、终于可以出门遛狗了

疫情渐渐控制住了，人们开始在小区里活动，戴着口罩散步，雪洁和娅娅也牵着大奔在小区里溜达。

路边的杨树下，开满了淡紫色的二月兰，雪白的大奔在花丛中追逐蝴蝶。娅娅也跟着大奔一起奔跑、欢笑。

雪洁一路跟邻居们友善地打招呼，经过一个漫长的冬天还有疫情的生死考验后，再次见面，人们都显得分外亲切，如同久别重逢的亲人。

“你好呀，韩大姐，这小姑娘是谁呀？”

“看看这小姑娘，跟当初的小鱼儿一模一样呢，如果不是差着年龄，还以为是姐俩呢。”

娅娅虽然嘴上不说话，安静地听着，可是心里很在意。听着邻居们夸她跟小鱼儿姐姐一样，她心里偷偷高兴。

她也喜欢雪洁把自己介绍给大家。好像这个小区里认识她的人越多，她就越有一种居住感。也许是下意识里希望成为这个家里的一员，希望长久地住在这里。

以前小鱼儿从法国打电话过来跟雪洁视频聊天，娅娅总是躲得远远的，现在她不这样了，她会主动凑到镜头前跟小鱼儿姐姐说话，还会搂着雪洁的脖子亲热，跟小鱼儿姐姐“争宠”。

白天，娅娅安心地在网上学习。雪洁的大部分精力都用在了对付菜园里那些在春天疯狂生长的蔬菜身上。西红柿每天都在抽枝长叶努力生长，需要给高高的苗绑上竹棍支撑。黄瓜苗已经偷偷爬上了搭好的竹竿支架，绿叶间开出一朵朵小黄花，得掐掉一些多余的花，才能保证结的黄瓜营养充足、个头大。辣椒也开满了小白花，等着更加肥沃的营养，来迎接即将到来的果实。一个月前撒下的苋菜籽，已经见风长得郁郁葱葱。顺着栅栏栽种的紫苏，已经长出了肥厚的巴掌大的紫叶子。还有地头自由生长的马齿苋和车前草，这些植物，雪洁一点都不想浪费。她把苋菜掐尖采摘了，清洗干净后，烧开水，焯水，等苋菜晾凉后把它切成小段，分装在一个个食品袋里，冷藏在冰箱，这样就能保存很久。每次吃时拿出一袋来，拌上原味酱油、橄榄油、蒜末和姜末，就是一道美味的小菜。也可以用来跟肉末一起炒着吃，或者剁馅包馄饨、包包子。

车前草和马齿苋，既是可口的野菜，也是具有一定清火、消肿、利尿功效的中草药，雪洁把它们采摘了，洗干净，在大太阳底下晒干，收存在玻璃密封罐里，到了冬天，就是不错的干菜。

娅娅很喜欢偷偷注视雪洁在厨房和菜园之间进进出出忙碌的样子，伴随着食物的香气，很有家的味道。对于小孩子来说，家就是美味的一日三餐和守护自己的大人。

二十、清明节，跟爷爷说再见

早起后，娅娅打完沙袋，又洗了个舒服的温水澡，雪洁做好了葱油拌面，还有新鲜黄豆打的豆浆。

娅娅勉强吃了几口，放下了筷子。

“不喜欢吃葱油拌面吗？”雪洁关切地问道。

娅娅摇摇头，用手揉了揉肚子：“肚子有点不舒服，说不上来的疼。”

雪洁询问了娅娅昨天有没有吃坏东西，晚上睡觉有没有受凉，早上有没有拉肚子，都没有发现明显的问题。雪洁又用手试了试娅娅额头的温度，没有异常。

“今天多喝温水，中午我给你熬个菜粥，吃清淡一点，咱们观察着。”雪洁给出了自己的建议，又安慰娅娅：“丫头，别担心啊，咱们密切观察，及时发现，有病了早治疗。”

“嗯。”娅娅轻轻地回应了一声。生病让她想起了爷爷，还有那个孤立无援的可怕夜晚，心情不免有些低落。

下午，娅娅的手机响了，是爸爸打来的。他在电话里问，现在疫情稳定一些了，娅娅这里的小区是否也解禁了，是不是可以正常出入。明天是清明节，他想带着娅娅去把爷爷的骨灰盒送去公墓安葬。

娅娅跟爸爸商量好明天早上碰面的时间和地点。

第二天一早，娅娅特意换上了一身黑色衣裤。雪洁从花房摘了两朵白色的茉莉花，用别针别在娅娅的胸前，给娅娅和自己各拿了医用口罩戴上。雪洁打着伞送娅娅到小区门口，爸爸的车正好到了。娅娅抬头看了一眼雪洁，雪洁把手放在娅娅的肩头，轻轻拍了拍，给了她一个鼓励。

娅娅上了车，爸爸一边开车一边用余光打量娅娅：“你瘦了？”

“嗯。”

“在这边过得还好吗？”

“挺好的。”

父女俩的谈话在尬聊了几句后还是断了，一路陷入了沉默。

娅娅把头偏向车窗，看着外面的雨水，想起爷爷，眼泪也静静地流淌。

对于爷爷的去世，娅娅心里有心结，她认为如果那晚爸爸能及时出现，也许情况会不一样。就像她一直认为，如果爸爸和妈妈不离婚，自己之前的生活就不必吃那么多苦头。娅娅对那些苦头还没有释怀。

跟着爸爸办完骨灰的存放手续，从墓地回来，爸爸带娅娅回到爷爷的老房子。才几个月的时间，再次进到这里，娅娅只觉得恍如隔世，无法相信自己曾在这个阴暗破败，到处堆满了旧物的房子里生活过。

爸爸让娅娅整理一些个人物品带走。他准备清理这里，重新装修后把房子出租。爸爸的意思是，既然同意了娅娅未来几年住在雪洁家，这边的房子空着也是空着，不如租出去。

娅娅没有表示反对，她默默地收拾着自己的物品，正好也是跟过去的生活做一个道别。

娅娅从床底下摸出一个鞋盒。落满灰尘的鞋盒里，是一双小小的粉红色舞鞋。那是娅娅四岁时妈妈买的生日礼物，就是那时起，娅娅心里有了舞蹈梦，可惜，梦还没做完就破了。娅娅在柜子里找出一本影集，里面有几张小时候跟爸爸妈妈一起游玩时拍的照片，娅娅把影集连同舞鞋一起装进书包。

其他的不过是一些生活零碎，属于过去的旧时光，对于现在的娅娅来说，已经毫无意义了。娅娅走出阴暗的房子，走在洒满阳光的小路上，告别过去的感觉很轻松。

爸爸把车子开回雪洁家的小区门口，娅娅下了车，跟爸爸挥挥手，转身走进小区，心里长舒了一口气。

娅娅摁门铃，屋里传来雪洁的应声，还有大奔激动的汪汪叫，这让娅娅有点激动。门打开了，首先蹿出来的是大奔，它白色的毛茸茸的身子扑到娅娅身上，吐着舌头，热乎乎、赤裸裸地示好，让人招架不住。

娅娅和大奔几乎是一起滚进了屋里。雪洁在旁边直喊："奔，别闹了，放开姐姐，让姐姐换衣服洗手去。大奔乖。"

大奔这才余兴未尽地放开娅娅。雪洁一直偷偷观察着娅娅的表情，看看还好，没有特别悲伤的样子，她心里一块石头也就落了地。

晚饭，雪洁特意准备了素炒三丝、香菇笋片汤、紫苏煎鸡蛋。娅娅依然肚子不舒服，吃得很少。

吃过晚饭，雪洁收拾碗筷，娅娅去了卫生间，不一会儿娅娅出来了，默默地站在雪洁身后，雪洁一回头看到娅娅，吓了一跳："怎么了？娅娅？"娅娅摇摇头，一副欲言又止的样子。

"还是不舒服？拉肚子了？"雪洁擦干手，拉着娅娅走出厨房，坐到沙发上，又摸了摸娅娅的额头。娅娅就势趴到雪洁的耳边，小声嘀咕，生怕人听到，其实家里除了她和雪洁，并没有别人。

雪洁听完，轻轻笑了，拍拍娅娅的手臂，安慰道："傻孩子，这是正常现象，没事的，别紧张啊。"娅娅听雪洁这么说，更加不好意思，搂着抱枕蜷缩在沙发里。

雪洁起身去了储藏室，一边翻腾一边自言自语：“不知道还有没有存货？百密一疏，没有提前想到这个事情。”雪洁从储藏室里两手空空地出来，又进卧室里翻找了一通，一无所获。最后，雪洁找来了旅游用的一次性内裤，还有卫生纸，教娅娅用上。雪洁安慰娅娅，今天天晚了，明天她想办法买些卫生巾来。

原来，娅娅来初潮了。这对一个女孩子来说可是一件大事。

晚上，雪洁陪娅娅躺在床上，跟她讲一些生理知识和注意事项。娅娅似乎没有那么慌乱了，搂着雪洁的胳膊睡着了。

第二天，娅娅起得比平时晚。等她睁开眼，看到床头的小柜子上已经放着几包卫生巾，有晚上用的，有白天用的。这些小细节昨晚雪洁都跟娅娅说过了。

娅娅拿了一包，起身去卫生间收拾妥当。

来到餐厅，雪洁已经准备好了早餐。她特意给娅娅熬了一碗红糖红枣姜茶。娅娅像个乖巧又娇羞的小公主，乖乖喝了红糖红枣姜茶，然后蜷缩在沙发上，搂着大奔，正好做毛茸茸的抱枕。一整天，娅娅舒服地享受着雪洁的细心照顾，心里暖烘烘的，她忍不住想：“有妈妈的女孩子，大概就是这个样子吧。”

二十一、请给我一个机会

为了考上雪洁家附近的重点中学，娅娅每天全力以赴地学习，连家里的物品上都贴满了英文单词。

雪洁认真给娅娅准备着个人简历还有精心剪辑的小视频，然后投递到学校的招生邮箱，期待得到一个面试的机会。

每天早上，娅娅都会假装若无其事地问："回邮件了吗？""投简历的人可多了，学校老师处理起来需要时间的。"雪洁每次都这么轻松地回答。其实雪洁心里也没有底，毕竟娅娅此前的学习成绩不好，这家重点中学的基础要求就是三到六年级各科成绩全优。此外才看学生其他方面的软实力，例如获奖证书、特长爱好、家庭的教育状况等。为此，雪洁还字斟句酌地写了一封信，介绍自己和娅娅的特殊生活，希望能用情感打动招生老师，给娅娅一个面试的机会。这些情况雪洁之前都如实告诉了娅娅，两个人商定的是，努力去试一试。话虽如此，真的把简历投递出去之后，娅娅内心还是升腾起了希望，这是她长这么大，第一次为了心里的愿望尽力一搏。她希望运气垂青自己一次，让她能够一举两得——既能住在雪洁家，又能弥补小学学习的缺憾。她想一步到位进入重点中学，六年后通过努力考取武汉大学。为什么是武汉大学？因为那里是小鱼儿读本科的地方，听雪洁说过，武大的樱花很美。不知为什么，娅娅想在那里留下自己的足迹，也不知从什么时候开始，娅娅心里暗暗地以小鱼儿作为自己的榜样，希望像她一样优秀。

娅娅内心也做好了不被录取继续在原来的学区上学的准备，如果是那样，她可以坐公交去上学。每天辛苦一点也没什么，十公里的距离并不能阻挡她的美好生活。

但是，那个希望随着时间一天一天在娅娅心里长大。

大约两周后，一天下午，雪洁的邮箱收到了回信。回信很短，通知王飞娅同学某日某时，通过扫码进入线上考场，进行笔试和面试两部分的择校考试。

收到这个消息，两个女人在家里开心地尬舞起来，惹得大奔也吐着长舌头，跑来跑去地跟着兴奋。

离面考还有三天，这三天里，娅娅白天进行查遗补缺式复习，晚上，雪洁会扮作考官模拟面试环节，希望娅娅在自我表达环节能发挥好。

考试的时间到了，虽然是坐在家里通过电脑屏幕进行考试，娅娅还是认真对待，做了精心准备。她提前梳好头，换上得体的衣服。第一部分是面试，两分钟的自我介绍里，娅娅简单而真实地讲述了自己的减肥故事，表达了自己真实的心路历程——从自暴自弃到现在奔跑在梦想的路上。

“虽然现在我离学校的优秀标准还有差距，但是请看见我向上的动力。爱我的人住在这里，我理想的家在这附近，贵校是我通向理想生活的桥梁。请各位老师给我一个机会。我会为了向往的生活拼尽全力。

“尼采在《查拉图斯特拉如是说》里说过，人生的伟大肯定者应该有‘坚硬的骨和轻捷的足’，懂得欢笑，熟谙神圣的舞蹈。为了成为一个更好的自己，我会勇敢地为自己跳舞。”

面试部分，娅娅的镇定和坦诚，为她赢得了面试考官的微笑，以及祝福——预祝她在接下来的笔试中也有好的表现。

但是，接下来的笔试，考题的难度明显超出小学知识的范围，这也是名校筛选优秀学生的方法，通过超纲加大难度达到优中选优的目的。很多题娅娅都不会做，尤其是语文和英语的阅读理解，涉及了广泛的课外知识，数学的一部分题涉及初中的知识内容。结果很快出来了,娅娅的语数英三科成绩都没有达到学校的录取线。

雪洁作为成年人，看问题更客观和全面，对于最后的结果心中早有估量，她虽然也有遗憾，但是依然平静地安慰娅娅："努力和付出，并没有那么快见效。我们今后还有机会。"

但是娅娅不同，她之前为了这个梦拼命努力，加上青春期的孩子本来就容易情绪激动，面对这个失败的结果，娅娅情绪崩溃了。她重新开始怀疑自己，那种无力感又袭来，被负面情绪裹挟的娅娅，不顾一切地冲进大雨里。

看着大雨里的娅娅，雪洁安慰她："人生里，这种恶劣的天气也会有的。"

"可是不能老是这么倒霉的天气吧？"娅娅像是在质问天气。

"武汉的雨季很长，有时一下十几天，可是我们也知道晴天会到来，就像希望和积极的感觉也一定会回来那样。"

娅娅回过头，满脸雨水和泪水，眼神委屈地望着雪洁。

雪洁伸开双手，娅娅犹豫了一下，朝门内的雪洁走去。

雪洁用大毯子裹住湿淋淋的娅娅。

第二天，冷静下来的娅娅向雪洁提出要去武汉大学走一趟。

因为疫情还没复课的武汉大学几乎没有什么人，偶尔走来的三两学生，更加显出校园的大而宁静。著名的武大樱花已经开过了，树上长出的嫩绿新叶中，偶有残红，风一吹，花瓣零星地飘落。娅娅呆呆地看着樱花花瓣出神。一起来的雪洁算是故地重游，这里曾是她无数次来探望小鱼儿的地方。

雪洁理解错了娅娅的出神，以为她是遗憾错过了今年的樱花，安慰道："武大的樱花年年都开的，我们明年还能来看，在这之前，需要的是耐心地等待。"

娅娅其实是在想象小鱼儿自信满满地走在校园里的样子。她忍不住想，如果自己也能在这里学习，人生是不是也会不一样。娅娅渴望自己能够属于这里。

"是的，还有机会，需要的是耐心地等待。"娅娅重复了一遍雪洁的话，说给自己听。

这趟小旅程，让娅娅重新找回了努力学习的动力。

二十二、毕业晚会上的独舞

因为疫情延误了开学，好容易到了六月，疫情稳定了，学校复课了，但是七月娅娅就毕业了。分别也进入了倒计时。

同学们都不适应，也不舍得。

娅娅想起雪洁说过，生活需要仪式感。她想着，虽然有这突如其来的疫情干扰，但是小学六年的时光还是需要画上一个美丽的句号。她把自己的想法跟几个要好的同学私聊，得到了支持。大家都觉得小学生活不能就这么悄无声息地结束了。同学们希望给它一个美好的完成仪式——一个毕业晚会。

毕业晚会的提议被班主任李老师否决了，理由当然是疫情期间，不合适聚会。

同学们有点泄气了，娅娅也有点泄气。晚餐桌上，她没精打采地把这个消息告诉了雪洁。雪洁一边听着娅娅“无比悲催”的坏消息，一边轻描淡写地说：“这个事很好办呀。”

“怎么会很好办？学校不同意，难道我们在外面私自找地方聚集？”娅娅有点恼火，觉得雪洁说得太轻巧了。

“学校不同意的理由很正当，从安全角度考虑，不能因为毕业晚会而增加疫情传播的风险。如果我是校领导，我也会是这个态度的。”雪洁慢慢喝着她的夏季新饮品姜撞奶，慢条斯理地分析。

娅娅忍不住打断了：“你这话听起来还不是等于不能开毕业晚会？”

“谁说不能开了？”雪洁反问：“开晚会一定要在学校里吗？”

“难不成在咱们家里开？”娅娅困惑了：“四五十人，也挤不下呀？”

雪洁举起喝姜撞奶的小勺子，指了指自己的太阳穴：“女士，请打开你的脑洞，不要用局限的思维去解决问题。”

娅娅此刻确实想不出任何办法。她急切地向雪洁求助。雪洁不慌不忙地打开电脑，点开一个综艺节目，这档人气节目前阵子因为疫情，各地的明星都无法到场，因此节目临时更换了形式，变成了云录播。北京、上海、长沙、台北，四个城市的明星们分别在自己的城市录节目，网上连线。不仅如此，还有许多的观众也在线参与了节目互动，甚至比以前传统的演播室录制更有趣。

“我懂了，我们也可以搞一个云晚会。大家录好视频，通过网络平台播放。既解决了学校担心的安全问题，也实现了我们举办毕业晚会的心愿。”娅娅眼睛放光，非常开心。

雪洁使劲揉了揉娅娅的头，把她的头发揉得乱糟糟，表示亲昵。

“果然聪明，一点就通。”

娅娅激动地跑去拿手机，在班级群里把这个主意告诉同学们和老师，果然，老师听说这个好办法也非常支持。同学们更是兴奋得炸开了锅，已经在群里讨论自己要表演什么节目了。

毕业会的事情就这么确定了。时间定在毕业考试之后的 7 月 20 日，离现在还有一个多月。

娅娅和几个同学还为此成立了“云毕业晚会”筹备小组。几个人一起学习如何用手机和电脑配合做直播，如何将同学和老师发的视频放在电脑上播放。

她们还尝试通过 Face Time 连线来进行网上即时直播，但考虑到晚会参与者多、设备很难统一这两点，筹备小组只好放弃了这个方案。

连着几天，娅娅白天去上课，晚上写作业，还要跟筹备小组的同学们商量晚会的细节，忙得不亦乐乎。但是娅娅整个人都是神采奕奕的，用雪洁的话说就是:“我们的王飞娅同学整个是一个发光体。”

无论功课和事务多繁忙，早起变成了娅娅雷打不动的习惯，一到六点，娅娅就随着闹铃起床，然后去到花房里，练习打沙袋。她现在很喜欢这种搏击运动，在一下一下的出拳中，体会内在力量的爆发，那种感觉伴随着滴答的汗水，非常酣畅淋漓，内心的那些阴霾和委屈，似乎都可以通过这些动作转变成力量。这力量由外及内，一点点塑造着娅娅。娅娅曾经沉重的脂肪变成了紧实的肌肉，游离、迷茫的目光也变得清澈而坚定。

练完拳击，娅娅会去冲个澡，然后一边等头发干，一边去菜园里巡视一圈，摘当天最合适的蔬菜，制作一份简单健康的早餐。

这时候雪洁一般也起床了，她有时跟娅娅一起吃早餐，有时会等开车送娅娅上学回来后自己独自吃。因为疫情的原因，雪洁不放心娅娅独自坐公交车上下学，坚持开车接送她。

但是娅娅更加期待的是，等疫情彻底过去了，秋天开学上初中时，自己能骑车上下学。妈妈也答应了娅娅要送她自行车作为升学礼物。

看着忙碌的娅娅，雪洁从不主动打扰，她喜欢做孩子身后优雅的背景墙，孩子需要时，她随时在那里，孩子有自己的事情时，她也在她的世界里自得其乐。对小鱼儿如此，现在对娅娅也是如此。小鱼儿曾评价雪洁是最不自我中心的妈妈。雪洁一直把女儿的这句评价当作自己的最高荣耀。

这天晚上，雪洁安静地在自己的小茶室里，一边喝茶，一边读一本有关论语新解的书。娅娅敲门后进来，嘴里说着是要讨杯茶喝，结果顺势坐在雪洁身边，整个身子歪在雪洁身上。小姑娘这是跑过来撒娇了。

雪洁看在眼里，并不点破，只是微笑着拿杯子，给娅娅沏了一杯清火的绿茶。

“雪洁，你说毕业晚会上，我可以表演什么节目呢？”娅娅装作漫不经心地说着：“班里其他同学都在准备了，有的表演单口相声，有的表演跆拳道，有的表演古筝独奏……”

“要不你表演一段拳击散打？我给你录视频。”雪洁提议。娅娅坚持练习打沙袋已经有一段时间了，无论是出拳的力度还是腿脚的移动，都已经有模有样了。

娅娅沉默了一会儿，埋头摆弄她的那杯龙井茶，嘟起嘴吹着里面的叶子玩。

雪洁见娅娅如此，就知道自己没有说中小姑娘的心思。

于是，她也玩起茶道来，其实是在耐心地等着娅娅开口。她知道，娅娅还不够自信，她还需要积蓄勇气。

小茶室内一片安静，娅娅和雪洁都各自把玩着手里的茶具，但空气里隐隐存在着微妙的互动。一种信任在暗暗滋长。沉默有时候是最好的鼓励，等待是最好的尊重。

当雪洁的茶冲过第二泡，娅娅开口了：“我想跳一支舞。”

娅娅的声音很轻，轻到几乎只有她自己听见，可雪洁的内心还是猛烈地震了一下。但是她依然平静地说了两个字：“好呀！”

雪洁抬起头，正好迎上娅娅的目光，四目相交之中，娅娅的眼眶里隐隐泛起了一层水雾，她用力吸吸鼻子，把心中涌动的那阵潮水逼退。她不是怕被雪洁看见，而是不好意思。娅娅不自然地挤出一个笑容掩饰。

雪洁一直没有收回自己的目光，她的眼睛看着娅娅，眼神像大海，深沉而热情，如一阵一阵潮汐奔涌，传递着力量。

娅娅显然接收到了这眼神里的信任，她被融化了，心中的冰块缓缓化作一股股的清泉，无声地流淌，许久许久，无声无息，原来一个人的心里会藏着这么多甜甜的水。

雪洁淡淡地微笑着，一直望着默默流泪的娅娅。她们已经不需要多余的语言，也能听到对方心里的话。这就是交流吗？涌动的是爱的能量吗？

整个晚上，娅娅没有再说过一句话，她任由泪水流淌，也任由它们光明正大地挂在脸上。心里有了温暖的爱做底气，不再无缘无故地害羞，她愿意袒露自己，如一朵花儿开放在阳光里，那么灿烂，那么光明，那么美好。

娅娅一觉醒来，已经是太阳晒屁股了。今天是星期六，不用去上学。娅娅跑去花房找大奔，在花房里巡视一大圈后，娅娅坐在早餐桌前。雪洁把新摘的西红柿切片，加上煎蛋，用两片面包夹成三明治给娅娅，饮料是鲜姜汁与牛奶搅拌而成的姜撞奶，杯子里还用一小片碧绿的薄荷叶子点缀，很有甜品店的卖相。

娅娅一边往面包片上涂抹西红柿酱，一边问雪洁学跳舞的具体细节。雪洁似乎早有准备，她找来了一个移动硬盘，里面都是小鱼儿早期的舞蹈训练视频，也有背景音乐。“你可以先看看，然后挑选一支自己喜欢的舞曲。”

接下来的一整天，娅娅都在电脑上观看小鱼儿的舞蹈视频。

娅娅被小鱼儿的自由舞震撼了，小鱼儿不拘泥于固定的动作，随着音乐，跳出当下内心的感受，音乐与舞蹈，完全融为一体。那种自由奔放的表达，是那么的热烈而真挚。娅娅忍不住从座椅上起身，随着音乐舞动起来。整个上午，她都陶醉在用身体表达自我的愉悦之中。娅娅很快选定了由贝多芬的《命运交响曲》改编的舞曲，她很喜欢这首曲子。一开始，命运之门被急切敲响，激烈的旋律时而急促，斗志昂扬，时而又缓慢，似乎生命的河流从湍急归入平静，欢快与痛苦交织在一起，组成了气势磅礴的生命之歌。

原来，命运就如大海，波澜起伏不定，我们要做那海浪之中勇敢飞翔的海燕。

联想起自己短短的十二年生命，娅娅心中也不禁波涛翻滚，感慨万千。

她在微信里写下“独舞《命运交响曲》”发送给晚会筹备小组，同时也发给了雪洁。

雪洁很快回复了一个 OK 的手势。

不一会儿，雪洁“咚咚咚”来敲门，娅娅打开门，开玩笑：“还以为是命运来了呢！”

“当当当——当！我就是命运女神派来送衣服的。”雪洁模仿着《命运交响曲》的前奏，手里抱着一堆衣服。“这些都是小鱼儿留下的演出服，你看看哪套合适？”

娅娅先挑了一件白色的芭蕾舞纱裙，试穿时发现太紧了，背后的拉链根本拉不拢。娅娅趴在地板上，做了一个经典的芭蕾舞动作，嘴里说着：“这是肥鸭之死。”两个女人笑成一团。

娅娅虽然瘦了许多，但是离芭蕾舞者的骨感身材还差很多。她又拿起一套红黑相配的舞蹈服，上身是红色的宽大袍子，下身是紧身的黑色裤子，红色的袍子是丝绸的柔软面料，舞动起来如同一面猎猎飘扬的旗帜。

“嗯，就它了，这就是我王飞娅战胜命运之神的战袍，哇哈哈哈——”娅娅把头一甩，摆了个威风凛凛的造型，嘴里还发出京剧里夸张的笑声。

转眼到了毕业联欢晚会的日子，同学们聚在网络空间，来了一场别开生面的云告别。

随着节目的进行，雪洁在屏幕前也大开眼界，没想到现在十二三岁的孩子会的这么多，能量这么大，制作动漫背景，剪辑音乐，还有几位同学在家连线同屏合唱。

“不看不知道呀，一看吓一跳呀，长江后浪推前浪，前浪被拍死在沙滩上。”雪洁忍不住自言自语，娅娅乐得用手拍了拍雪洁的头，个中意思由雪洁自己体会。

快轮到娅娅表演了，她提前换好了服装，雪洁准备好了背景音乐和手机拍摄支架。当节目主持人报节目“下一个节目，我们有请神秘的舞者为同学们带来自由舞《命运交响曲》”的话音刚落，这边的背景音乐已经响起，娅娅随着音乐的高低起伏，在自家客厅旋转舞动起来。今天正式表演，娅娅还戴了一个金色的面具，更增添了几分神秘色彩。

雪洁看着全心沉浸在舞蹈中的娅娅，身姿时而刚劲有力，时而柔软舒缓，每个动作都表达着舞者对生命的向往和内心的勇敢。雪洁被这来自内心灵深处的舞蹈震撼了……

一曲终了，娅娅停下来，她面对摄像头的方向低头、弯腰谢幕，轻轻摘下面具，娅娅的脸上是汗水混合着泪水，但是眼神清澈而明亮，像星星掉进水里。

“同学们好，老师好，我是王飞娅，这是我人生第一次跳舞，我为自己跳舞，很感谢大家能够陪我起舞。”

娅娅的舞蹈过程中，屏幕下方不断有人发送爱心和鲜花，还有人在好奇地问：“跳舞的是谁？”

当同学们看到摘下面具后的娅娅，都很惊讶，热烈地给她发爱心、发鲜花，表达对娅娅的鼓励。

有同学惊呼：“同学六年，竟然不知道娅娅是个舞蹈天才。”

有同学感叹：“飞娅，你是怎么做到的，跳得太感人了。”

还有同学追问：“飞娅，你以后打算成为一名舞蹈演员吗？”

娅娅逐一回复同学们的信息。雪洁在旁边盯着娅娅的回复，当她看到娅娅对最后一个问题敲出的一行字时，稍稍有些意外。关于舞蹈梦想，娅娅回复：“舞蹈是我从小做到现在的梦，以后我会常常跳舞，但我新的梦想是当一名老师，用生命感动生命。”

娅娅毕业了，她没能进入雪洁家附近的重点中学，但是这已经不重要了。娅娅看到的是，她还有时间奋起直追。

二十三、爸爸，在妹妹面前要表现好

娅娅升初中的事情算是尘埃落定，没有了期待，一颗心反而踏实下来，接下来的日子，娅娅制订了预习初一功课的计划，尤其是对新增加的历史、地理、政治、生物四门功课，因为小学没有接触过，所以雪洁和娅娅精心挑选了网课，准备提前了解。

娅娅每天在家上网课，练拳击，看书，跟雪洁打理菜园和花草，还有大奔、蜜糖一家、大花小花需要照顾，每天充实得很，加上还有雪洁这个幽默的开心果，两人每天唇枪舌剑，斗智斗勇，不亦乐乎，一个月很快就过去了。

疫情也已经过去了，武汉解除封城，人们的生活逐渐步入正轨。为了庆祝娅娅成为初中生，爸爸邀请娅娅回家一起吃饭。娅娅本来不想去，想了想，还是点点头答应了。

路上，爸爸告诉娅娅，他打算把爷爷的小房子出租，出租房子的钱就作为给娅娅的生活费和零花钱。等娅娅十八岁时，房子就过户到她名下，留做娅娅长大以后的独立住所。

“如果我将来出国留学，不在国内生活呢？”听了爸爸的计划，娅娅有点不置可否，她现在的视野不同了。

“那就把这房子卖了，给你做留学费用。”爸爸态度明确。

“说话要算数哟！最好去办理公证，用法律手段确定下来。”

“没想到娅娅还挺有头脑的，做事情很理性。”

“小妈妈那边不会有意见吧？”

“这是你爷爷的房子，留给你很合理，小妈妈那边爸爸会搞定的，总之这房子是留给你的。”爸爸坚定的态度让娅娅有点感动。娅娅还是不习惯跟爸爸当面表达谢意，一时又找不到话，场面再度冷下来，还好，爸爸家的小区到了。

到了爸爸家，半年不见的小妹妹露露长高了不少。娅娅从书包里拿出一串芭蕉，递给露露作为礼物。这芭蕉是雪洁家的芭蕉树上结的果，娅娅第一次见到芭蕉很是新奇，于是想着给小妹妹也尝尝鲜。

娅娅告诉妹妹：“这是芭蕉树结的果，芭蕉树的叶子就像西游记里铁扇公主的芭蕉扇。”小女孩听了觉得神奇的不得了，睁大了眼睛，抱着芭蕉给外婆看。

“哎哟哟！我的傻露露，芭蕉有什么可稀罕的，看看咱们家里头的香蕉又大又甜，才好吃呢。”姥姥嘴上说着，要拿走妹妹手里的芭蕉，妹妹抱着不肯给：“不给外婆，就是不给，这是我娅娅姐姐给我的。”

“我说娅娅，怎么你一来，孩子就不听话了，我说，你是姐姐得有个姐姐样，教妹妹学点好的。”外婆有点下不来台，转头把火气撒到娅娅身上。不过，现在的娅娅已经不把这些冷言冷语当回事了。

倒是爸爸，突然之间发飙：“您别说了，以后不许埋汰我女儿！”

“你……你知不知道自己是什么身份？”老太太气得语无伦次。“你反了天了，居然跟我这么说话？”

“您不就想说，我是离过婚的二锅头，找到你家女儿是烧高香了。您以后少拿这些话来压我，既然看不上我，就不要在一起过了！”娅娅的爸爸因为愤怒，声音很大。

“王志刚，你怎么敢跟我妈这么说话？”娅娅爸爸的妻子冲过来给自己妈妈帮腔。

“我怎么说话？！我说的话有她的难听吗？她受不了，娅娅就受得了？人和人的尊重是相互的。”爸爸说完话，拉起娅娅的手，直接摔门出去。剩下母女俩哑口无声站在门后。

爸爸回头看了娅娅一眼，那眼神似乎在说：“你爸不怂吧！”

娅娅不露声色地给爸爸竖起大拇指:“老爸,真刚!”

娅娅很感动,爸爸为了维护女儿,终于硬气起来了。父女俩的心似乎一下子拉近了。

父女俩在外面一起吃了饭，又逛了逛网红汉街，吃了好几个月没有尝到的武汉名小吃。爸爸开车把心满意足的娅娅送回雪洁家。

路上，娅娅的手机响了，是妈妈的语音。娅娅接通妈妈的微信视频通话，视频里两个可爱的双胞胎弟弟争着叫娅娅姐姐。

妈妈邀请娅娅暑假去杭州玩。娅娅愉快地答应了。

爸爸微笑着问道：“很想见到妈妈和弟弟们吧？”

“嗯。”娅娅点点头，微笑地看着远处。

到了小区门口，娅娅下车，走了几步回头，看见爸爸摇下车窗玻璃正注视着自己，她冲爸爸挥挥手，大声说：“爸爸，我现在挺好的，你要在妹妹面前表现好。”

爸爸用力点点头，泪水瞬间迷了眼。娅娅苗条的身影消失在爸爸模糊的视线中。

娅娅面带微笑地朝家走去。

雪洁对娅娅说过：“当你对自己微笑，世界也会对你微笑。”

此刻，娅娅只想回家对雪洁微笑，大笑，傻笑。

若您还想了解更多图书信息，

可扫描关注“现代教育出版社”微信公众号。